Ellen Stein | Jan Off | Steffi Love

Bei uns kommt der Hass aus der Leitung
Wichsvorlagen für Scheintote

1. Auflage 2014

©opyright 2014 by Autoren

Umschlaggestaltung: Nadja Riedl / D-ligo
Foto: Lucja Romanowska
Lektorat: Miriam Spies
Satz: Fred Uhde, Leipzig (www.buch-satz-illustration.de)

ISBN: 978-3-95791-021-9

Alle Rechte vorbehalten. Ein Nachdruck oder eine andere Verwertung ist nur mit schriftlicher Genehmigung des Verlags gestattet.
Hat Dir das Buch gefallen? Schreib uns Deine Meinung unter:
info@unsichtbar-verlag.de
Mehr Infos jederzeit im Web unter www.unsichtbar-verlag.de

Unsichtbar Verlag | Wellenburger Str. 1 | 86420 Diedorf

Ellen Stein
Jan Off
Steffi Love

BEI UNS KOMMT
DER HASS
AUS DER LEITUNG

Wichsvorlagen für Scheintote

Inhaltsverzeichnis

Jan Off:

1. Abbrucharbeiten im Bootcamp der Zweisamkeit   9
2. Abdrift   19
3. Lass mich bluten, Natalie   35
4. Zonenrand – Schlaraffenland: 0:6   45
5. Judgement Day, Digger!   55

Ellen Stein:

1. Festival 2.0   67
2. Eigentlich   77
3. nur ein wurm   91
4. Die gute Tat   97

Steffi Love:

1. Bis zum letzten Tropfen   111
2. One With The Freaks   115
3. Haha, Heimkind   123
4. Dieter   131
5. Pissnelkenblues   135
6. Unten mit Tequila   143
7. Fliegen   149

JAN OFF

Abbrucharbeiten im Bootcamp der Zweisamkeit
Abdrift
Lass mich bluten, Natalie
Zonenrand – Schlaraffenland: 0:6
Judgement Day, Digger!

Abbrucharbeiten im Bootcamp der Zweisamkeit

Wie Ronny und Anke auf den abwegigen Gedanken verfallen waren, ihrer mehr als dürftigen Beziehung den standesamtlichen Segen geben zu wollen, hätten sie wohl selber nur schwer erklären können. Am Anfang war das Ganze sicher nichts weiter als ein Jux gewesen, eine Schnapsidee im wahrsten Sinne des Wortes, wie sie während der Dauerparty, die wir damals alle feierten, ständig aufkamen. Aber im Gegensatz zu den vielen anderen vom Alkohol befeuerten Hirngespinsten löste sich dieses hier nicht in Rauch auf, nachdem die Kotze neben dem Bett getrocknet und der barbarische Kopfschmerz mit einem Schluck aus der letzten, vor dem Wegdämmern geöffneten Flasche bekämpft worden war. Vielmehr verselbstständigte sich das halbgare Geschwafel, begann Kreise zu ziehen und stieß dabei auf derart großen Anklang, dass ein Rückzieher irgendwann nicht mehr möglich war. Anders ausgedrückt: Der Druck derjenigen, die auf Freigetränke und den hohen Spaßfaktor spekulierten, den ein derart trashiges, ja, bizarres Ereignis versprach, nahm Ausmaße an, die es Ronny und Anke nur noch unter größten Reputationsverlusten erlaubt hätten, aus der Nummer herauszukommen.

Angesichts dieser Ausweglosigkeit glaubten die beiden am Ende selbst, dass der *Bund fürs Leben* die einzige Option darstellte. Also leiteten sie alles Notwendige in die Wege, und als der Termin dann feststand, stieg die Aufregung noch einmal richtig, zumindest bei Anke, die Ronny tatsächlich dazu brachte, Ringe zu kaufen; wenn auch welche, die kaum teurer waren als eine Familienpackung Eiernudeln.

Keine Frage, dass am Vorabend des großen Ereignisses schon mal vorgeglüht werden musste. Ort dieser *Aufwärmrunde im engsten Kreis* (wie Marcel das nannte) war das Reihenhaus von Marcels Mutter, die für eine Woche nach Polen gefahren war, um sich die Kauleisten erneuern zu lassen.

Die Hütte, die ich – wie die meisten von uns – nie zuvor betreten hatte, war genauso geschmacklos eingerichtet, wie es von jemandem, der zu Marcels Verwandtschaft zählte, zu erwarten gewesen war. Ein Abklatsch dieses bedrückenden Stils, den Tine Wittler und Konsorten allwöchentlich im Privatfernsehen vorgaben, also dieses vermeintlich Farbenfrohe und Heitere, das in seiner Austauschbarkeit und seiner billigen Machart dann doch nur wieder bedrückend wirkt; natürlich durchsetzt mit den verlangten neckischen Accessoires. Als ob die vielen Kerzen und Kerzenleuchter, die buntgemusterten Zierkissen und die mit Weidenstäben gefüllten Vasen nicht gereicht hätten, waren auch noch überall Eulen platziert – Nachbildungen aus Porzellan, Holz und Metall (ja, selbst einige in der Makramee-Technik produzierte Exemplare), die von einer geradezu manischen Sammelleidenschaft kündeten. Dankenswerterweise waren diese Figuren nicht das Einzige, was Marcels Mutter hortete. Auch die Bar war gut bestückt.

»Geil, lass Bowle machen«, schlug Basti vor, nachdem Marcel eine Doppeltür in der Schrankwand geöffnet und uns die etwa drei dutzend mit Feuerwasser gefüllten Flaschen präsentiert hatte.

Dieser Idee mochte sich niemand verschließen. Also wurde aus der Küche eine große Salatschüssel besorgt und auf der Basis einer 1,5-Liter-Jubiläumsflasche Bacardi ein Mix aus allen nur erdenklichen Spirituosen zusammengeschüttet. Hätte Marcel nicht noch in letzter Sekunde zwei Flachen Keller Geister herbeigeschafft, wäre das Gebräu wohl gänzlich ungenießbar geworden. So galt es nach allgemeinem Bekunden als gerade noch bekömmlich, beziehungsweise *rustikal aber ehrlich*, wie Ariane es formulierte.

»Fehlen nur noch die Früchte«, ließ Christin sich vernehmen und holte einen Plastikbeutel voller Ecstasy aus ihrer Jacke.

Schnell waren die bunten Pillen mithilfe einer besonders scheußlichen Eule – einem tönernen Uhu, dem ein HSV-Trikot auf den Leib gepinselt worden war – zu Pulver zermahlen und in die Schüssel gekippt.

Während Christin dem MDMA durch stetiges Rühren mit der Schöpfkelle dabei behilflich war, sich vollständig aufzulösen, streuten Schorfbrocken und Schnorchel das erste Speed auf. Dabei kam den beiden die Beschaffenheit des Couchtischs entgegen, um den wir uns gruppiert hatten. Der nämlich war nicht nur mit einem penibel gesäuberten Glaseinsatz versehen, sondern auch derart überdimensioniert, dass man auf ihm – eine ausreichende Menge Amphetamine vorausgesetzt – problemlos den kompletten Verlauf des Amazonas hätte nachzeichnen können. Ja, dieser Couchtisch war ein wahres Prachtstück; selbst die ihn umgebende Wohnlandschaft des Grauens konnte seiner majestätischen Ausstrahlung nichts anhaben.

Nachdem zwei oder drei Gramm zerhackt, die wichtigsten Vorbereitungen also abgeschlossen waren, konnten die Feierlichkeiten beginnen. Und das taten sie auch. Ariane, die gerade noch mit einem Fläschchen Poppers herumhantiert hatte, sprang mit einem Mal auf und fing damit an, Porzellankäuzchen aus den Fächern der Schrankwand zu fischen und gegen den Flachbildschirm fliegen zu lassen, um, wie sie uns zurief, ein bisschen *Polterabend-Atmo* zu schaffen. Dem wollten Basti und Mike in nichts nachstehen und suchten ihrerseits nach Gegenständen, die gemäß alter Väter Sitte zu Scherben verarbeitet werden konnten. Fündig wurden sie in einer Vitrine, die nicht nur das gute Tafelgeschirr beherbergte sondern auch ein einundzwanzigteiliges Kaffeeservice der Firma Rosenthal. Das zumindest war die Information, die Mike uns zukommen ließ, nachdem die erste Untertasse unter den Absätzen seiner Air Force 1 das Zeitliche gesegnet hatte.

Marcel hatte unterdessen das CD-Regal durchforstet und einen alten Eurodance-Sampler ausgegraben, dessen Klänge in kurzer Zeit dafür sorgten, dass sich ein Großteil der Anwesenden tänzerisch zu betätigen begann. Schon bald waren die ersten Oberteile ausgezogen, wurde die nackte Haut gegenseitig mit Geldscheinen beklebt, die man vorher ausgiebig mit Speichel benetzt hatte. Das alles untermalt von Krachern wie *No Limit* oder *Mr. Vain* sowie lautem Geschepper aus der Küche, wohin Ariane, Basti und Mike gemeinsam mit ein paar anderen gezogen waren, um ihr Glück bringendes Treiben fortzusetzen.

Es war also alles wie immer – ausgelassen, aber gediegen –, bis die Bullen sich das erste Mal bemüßigt fühlten, vorbeizuschauen. Hätte Dirk, dem es irgendwann zu dumm wurde, vor der verschlossenen Klotür darauf zu warten, dass Veit seinen Schwanz wieder aus einer von Jackies Körperöffnungen bekam, sich nicht entschieden, in den Vorgarten zu pissen, wäre das polizeiliche Klingeln und Klopfen wahrscheinlich gar nicht bemerkt worden. So aber stand die Ordnungsmacht plötzlich mitten im Zimmer und bat vehement darum, die Lautstärke der Anlage zu drosseln.

Schnorchel, der seit jeher Probleme mit Autoritäten hatte, nahm dieses Gesuch zum Anlass, um ein bisschen auszuflippen. Er beschimpfte die ungebetenen Gäste als Bockmelker, Fadenwürmer und Handtaschendiebe und bewarf sie zusätzlich mit den vergoldeten Tannenzapfen, die Marcels Mutter als Tischdeko verwendete. Als das nicht half, die beiden Beamten aus der Reserve zu locken, verstieg er sich schließlich zu folgender Ansage: »Ihr habt in einer Minute entweder eure albernen Uniformen abgelegt oder einen von diesen Zapfen derart tief im Arsch, dass ihr in Zukunft Tannennadeln scheißt.«

Nun endlich reagierte der Sicherheitsapparat.

»Wenn Sie derlei Drohungen nicht augenblicklich unterlassen, sehen wir uns gezwungen Sie mitzunehmen«, brüllte der ältere Bulle gegen die nach wie vor wummernden Bässe an, während sein Kollege schon mal nach dem *Reizstoffsprühgerät* griff.

Natürlich *unterließ* Schnorchel *nicht*, sondern intensivierte sein Forechecking noch, indem er aufsprang und mit ungelenken Bewegungen ein paar Handkantenschläge andeutete.

»Gleich ist Zapfenstreich, ihr Hurensöhne. Gleich könnt ihr euch die Koniferen von unten angucken«, schrie er währenddessen.

Und so kam es, dass er nach einem kurzen Ringkampf, den fair zu nennen nicht der Wahrheit entspräche – schließlich glich Schnorchels vom langjährigen Rauschmittelkonsum malträtierter Leib eher einer Fischerkate denn einer Bankiersvilla –, in den Streifenwagen verfrachtet wurde.

Schorfbrocken, der seinem langjährigen Freund und Schicksalsgefährten zu Hilfe eilen wollte, wäre um ein Haar ebenfalls eingefahren, kam letztlich aber mit einer Ladung Pfeffer und den Worten davon, dass er, so man noch einmal antanzen müsse, der Erste wäre, an dem man sich schadlos halten würde.

Keine Frage, dass es nach diesen Unerfreulichkeiten ein wenig dauerte, bis die Party wieder in Schwung kam – zumal Schnorchel es vor seinem Abgang versäumt hatte, sich seiner Drogen zu entledigen. Aber zum Glück verfügte Schorfbrocken über einen recht erbaulichen Notvorrat und auch von der Bowle war noch etwas übrig; es gab also keinen Grund, dauerhaft in Agonie zu verfallen.

Kaum, dass die nächste Runde jedoch mit einer zünftigen Kissenschlacht eröffnet worden war, erwischte es Songül. Das bedauernswerte Mädchen verlor nach einem schweren Treffer mit einem gut und gerne neunzig Zentimeter großen Stoffbären aus dem Hause Steiff das Gleichgewicht, knallte mit dem Kopf gegen die Kante einer Kommode und zog sich eine klaffende Stirnwunde zu. Da sich partout nichts finden lassen wollte, mit dem die Blutung zu stoppen gewesen wäre – selbst die von Marcel eilig herbeigeschafften Leinennachthemden seiner Frau Mama erwiesen sich als untauglich –, hörte Songül nicht auf, den beigefarbenen Veloursteppich einzusauen. Sie selbst nahm das locker, wollte es unbedingt weiter *krachen lassen* und rannte, um ihre Feiertauglichkeit unter Beweis zu stellen, wie aufgedreht durch den Raum. Wäre sie dabei nicht erneut zu Fall gekommen – diesmal war es die Schrankwand, mit der sie kollidierte – und kurzzeitig k. o. gegangen, hätte wohl irgendwer den Rettungsdienst rufen müssen. So nutzte Mike, den ich schon länger verdächtigte, ein Auge auf Songül geworfen zu haben, die Gunst des Augenblicks und verfrachtete die Wehrlose mit Bastis Hilfe in den geleasten Polo, den Marcels Mutter dankenswerterweise zurückgelassen hatte. Der Anbieter, der ihre Reise in die Wunderwelt der polnischen Gebisswerkstätten organisierte, arbeitete wahrscheinlich mit einem Busunternehmen zusammen.

Mike versprach zurückzukommen, sobald die Wunde seiner Passagierin genäht worden war, und bei dieser Gelegenheit gleich noch ein bisschen Bier mitzubringen. Dann verabschiedete er sich Richtung Notaufnahme.

Derart dezimiert drohte unsere kleine Gesellschaft erneut in ein Stimmungstief zu fallen. Ronny steuerte dem entgegen, indem er jedem eine Kapsel Ketamin aushändigte.

»Wollte ich eigentlich erst direkt vor der Trauung, aber wo's grad so schön passt ...«, raunte er mir zu, während er wie ein Weihbischof durch die Reihen schritt und seine betäubenden Ersatzoblaten in die willigen Mäuler schob.

Nur kurze Zeit später begannen die Dinge dann ein wenig aus dem Ruder zu laufen.

Den Startpunkt einer Serie von Pleiten, Pech und Pannen markierte Veit, der, die glimmende Zigarette noch in der Hand, im Fernsehsessel einschlief und kurzerhand die Armlehne in Brand setzte. Christin, die das Malheur als Erste bemerkte, rückte den Flammen mit dem Inhalt der nächstbesten Flasche zu Leibe. Dummerweise handelte es sich dabei um achtzigprozentigen Stroh-Rum, mit dem irgendwer die Bowle verfeinert hatte. Das Ergebnis dieses Löschversuchs war ein rasches Ausbreiten des Feuers. Und so musste doch noch der Rettungsdienst kommen, um Veits angekokelten Leib zu verarzten.

Das Auftauchen der beiden Sanitäter versetzte nun wiederum Goran, der offenbar einen bösen Trip erwischt hatte, derart in Angst und Schrecken, dass er laut schreiend ins Untergeschoss flüchtete und sich im Heizungskeller einschloss. Ich machte mich auf die Suche nach Marcel, um herauszufinden, ob ein zweiter Schlüssel existierte, mit dessen Hilfe man den Paranoiker eventuell hätte befreien können, und musste zu meiner großen Erschütterung entdecken, dass auch unser Gastgeber einen Anfall von Verfolgungswahn zu erdulden hatte. Vor wem oder was er sich fürchtete, vermochte ich nicht zu ermitteln; klar war nur, dass seine Angst gewaltig sein musste. Denn warum sonst hätte er sich in den zweiten Stock zurückziehen und dabei nach und nach die Treppenstufen entfernen sollen, die ebendiesen von der ersten Etage trennten?! Als ich den Bemitleidenswerten fand, hatte er unter Zuhilfenahme eines Stemmeisens bereits die Hälfte der Stufen herausgebrochen, und wäre nur noch durch eine Klettereinlage zu erreichen gewesen.

Auf mein Zureden reagierte er nicht, jedenfalls nicht so, wie es für das Zustandekommen einer für beide Seiten gewinnbringenden Kommunikation vonnöten gewesen wäre. Denn wie bitte soll sich ein Dialog entwickeln, wenn einer der Beteiligten ohne Unterlass die Worte *geht weg, geht weg, verschwindet endlich, ihr Arschfotzen* wiederholt?

Also ließ ich Marcel allein und kehrte einigermaßen ratlos ins Wohnzimmer zurück. Noch während ich versuchte, mir dort einen groben Überblick zu verschaffen, tauchte Basti neben mir auf – in seinen Händen das Klobecken des Hauses. Wie er es geschafft hatte, den wuchtigen Porzellankorpus aus seiner Verankerung zu reißen, würde wohl auf ewig sein Geheimnis bleiben, jetzt schickte er sich jedenfalls an, das Teil gegen die Scheibe der Verandatür zu werfen.

»Polterabend, ne«, murmelte er und sah mich mit glasigen Augen an. Dann bahnte sich das Becken auch schon seinen Weg nach draußen.

Und dieses Bild, dieses Manifest der Sinnlosigkeit, das mein Gehirn seltsamerweise wie in Zeitlupe erreichte, ließ mich so müde werden, dass ich gar nicht anders konnte, als mich in den Sessel fallen zu lassen, in dem Veit keine Stunde zuvor die lebende Fackel gegeben hatte.

Als ich wieder erwachte, war es taghell. Ich rappelte mich auf, griff mir eine offene Flasche Prosecco und goss mir einen Schluck des lauwarmen Gesöffs in den Schlund. Dann drehte ich eine Runde durchs Erdgeschoss. Überall zerstörtes Mobiliar, Scherben, Essensreste, Daunenfedern. Dazwischen Pfützen von Erbrochenem und anderen Körperflüssigkeiten. Die Wände übersät mit schlechten Tags, die Böden von Brandlöchern gezeichnet. Und immer wieder Eulen, Eulen, Eulen – aufgeschlitzt, zertrampelt, zerquetscht.

In der Küche entdeckte ich Anke, die mit halb heruntergelassenen Hosen auf Schorfbrocken lag. Auch die anderen Gäste, an denen ich während meiner Erkundungstour vorbeistolperte, schienen ausnahmslos zu schlafen.

Nur Ronny war noch auf den Beinen. Ich fand ihn mit einer Flasche Bier in der Hand auf der Couch vor, als ich wieder im Wohnzimmer anlangte. Sein Anblick löste in mir die Erinnerung an den Grund unseres gemütlichen Beisammenseins aus.

»Hey, wie lange dauert's denn eigentlich noch bis zur Trauung?« Ich ließ mich neben ihn in die Polster fallen und registrierte voller Staunen, dass der Glastisch das zurückliegende Inferno ohne einen einzigen Kratzer überstanden hatte.

»Die Trauung?« Ronny prostete mir unmotiviert zu. »Die wäre vor sechs oder sieben Stunden gewesen ... Na, scheiß drauf.« Er lachte leise. »War auch so 'ne schöne Party.«

Ich wollte ihm gerade beipflichten, als der Bräutigam a. D. die Flasche, die er mit einem letzten langgezogenen Schluck geleert hatte, auf dem Tisch abstellte. Dabei überschätzte er seinen Schwung ein wenig, aber wirklich nur minimal, so dass der Flaschenboden eine Nuance zu laut aufs Glas schlug. Diesem Geräusch folgte ein weiteres – ein leises Knirschen, wie es entsteht, wenn man auf hartgefrorenen Schnee tritt.

Keine Zehntelsekunde später war die gesamte Oberfläche des Couchtischs von einem Geflecht aus unzähligen Rissen überzogen.

Abdrift

»Jesus, ich brauch noch heute 'ne Professionelle, die mir korrekt die Pussy durchkaut«, sagte Cathy unvermittelt, wobei sie – wie sie es immer tat – den Namen des außerehelich gezeugten Wanderpredigers in Englisch aussprach.

Als niemand auf diesen Einwurf reagierte, schickte sie ein gespieltes Stöhnen in die Runde, das uns anderen die Botschaft übermitteln sollte, wie satt sie es hatte, ausschließlich von gottverdammten Langweilern umgeben zu sein. Dann griff sie sich das Telefon und rief die Auskunft an.

Während ich das Gespräch verfolgte, das sich in die Länge zog, da die Rufnummern von *Freudenmädchen, die es auch Frauen besorgten*, offenbar nicht gesondert erfasst waren, wurde mir einmal mehr bewusst, wie sehr Cathys offensiv zur Schau gestellte Sexualität uns alle im Griff hatte.

Es war noch keine Woche her, dass wir unsere kleine Tournee begonnen hatten, aber schon schienen Patricia,

Roman und Arne die Tatsache, dass in Deutschland jeweils eine Freundin auf sie wartete, verdrängt, wenn nicht gar gänzlich vergessen zu haben. Die Spannung, die sich in den letzten Minuten über den Raum gelegt hatte, kündete davon, wie sehr jeder von ihnen mit den Bildern beschäftigt war, die uns Cathys eben geäußerter Wunsch auf die kopfeigene Leinwand gemalt hatte. Inwieweit meine Begleiter darüber nachdachten, die Rolle der verlangten Prostituierten einzunehmen, konnte ich nur vermuten. Ich selbst hätte mich sofort zur Verfügung gestellt, auch wenn mir nicht ganz klar war, warum.

Cathy sah unbestreitbar gut aus: schwarze Lockenmähne; volle, wohlgeformte Lippen; Mandelaugen. Daneben reizte ohne Zweifel ihre exotische Abstammung – ihre Mutter kam aus Java, ihr Vater war Nigerianer. Aber ihre Art gefiel mir überhaupt nicht. Ich fand sie zu laut, zu exaltiert, zu selbstbezogen kurz: zu anstrengend. Sex war zwar nicht ihr einziges, aber doch mit Abstand ihr Lieblingsthema. Sie sprach mit steter Regelmäßigkeit über vergangene oder geplante Ausschweifungen, referierte ausführlich über Pornofilme und hatte diverse Fickgeschichten von Prominenten parat. Männer waren für sie grundsätzlich *Toyboys*, Geschlechtsgenossinnen bezeichnete sie gern mal als *Bitches*. Das wirkte nicht nur aufgesetzt, sondern in seiner Massivität geradezu grotesk. Und trotzdem war es unmöglich, sich der Faszination dieses Schauspiels zu entziehen. Es erinnerte in seiner Wirksamkeit an die Masche vom schwachen, hilfebedürftigen Mädchen – du durchschaust das Manöver zwar, reagierst am Ende aber doch wie gewünscht.

In Cathys Fall funktionierte der Trick unter gegenteiligen Voraussetzungen. Ihr Auftreten hätte eher zu einem Chefarzt gepasst, der sich im Kreise seiner Kollegen über die neuen Schwesternschülerinnen auslässt. Und darin schwang für Arne, Roman und mich, aber auch für Patricia, die in ihrer Beziehung den maskulinen Part übernommen hatte, offenbar eine permanente Kampfansage mit. Anders waren die pawlowschen Verhaltensauffälligkeiten, die wir seit unserer Abreise an den Tag legten, jedenfalls nicht zu erklären. Arne gab in einer Tour den Pausenclown; Patricia ließ keine Gelegenheit aus, ihren technischen Sachverstand und ihre Fähigkeiten als Organisatorin unter Beweis zu stellen; während Roman sich in der Rolle des dandyhaften Aufreißers gefiel. Es war noch keine vierundzwanzig Stunden her, dass er im Beisein von Cathy und mir allen Ernstes behauptet hatte, Selbstbefriedigung käme in seinem Leben nicht vor. Es hätte sich für diese *Aufgabe* bisher noch jedes Mal eine Frau gefunden. Daraufhin hatte ich mir den Einwurf, dass es um seine Libido offenbar nicht sonderlich gut bestellt sei, einfach nicht verkneifen können. Denn soweit ich das beobachtet hatte, war es Roman nur nach einem einzigen unserer bisherigen Auftritte gelungen, ein Mädchen abzuschleppen. Und das war dann wohl auch der Wandel im Gebaren, den ich *mir* attestieren musste. Ich war ungewohnt scharfzüngig und nur allzu schnell bereit, mich auf Hahnenkämpfe einzulassen.

Für den Moment waren wir allerdings von intellektuellen Kraftproben und anderen Balzritualen erlöst, denn hier in Zürich war es für Frauen offenbar gar nicht so einfach, gleichgeschlechtliche Begierden auf professionellem Wege befriedigen zu lassen. Nachdem Cathy vergeblich zwei Callgirl-Agenturen kontaktiert hatte, deren Nummern ihr am Ende von der Auskunft überlassen worden waren, verkündete sie mit einem tiefen Lachen, dass sie dann eben hier bleiben und sich *die Festplatte löschen* würde. Das sorgte merklich für Entspannung. Und so konnten wir uns endlich dem Programmpunkt widmen, den wir bisher noch jede Nacht abgearbeitet hatten, nämlich dem Konsum von Alkohol und Cannabisprodukten.

Am nächsten Tag ging es über teilweise schneebedeckte Straßen mehrere hundert Kilometer bis nach Graz. Klar, dass wir nach unserer Ankunft geschlaucht waren, klar, dass wir die Erschöpfung und die durch den ständigen Suff hervorgerufenen Ausfallerscheinungen nur durch die Zufuhr weiterer Spirituosen in den Griff bekamen. Zum Glück sparte der Veranstalter nicht an Freigetränken. Der Auftritt selbst war nicht der Rede wert, fand vor nahezu leeren Bänken statt. Auf unsere Stimmung hatte das keinen großen Einfluss. Wir kannten das schon, lasen nacheinander unsere Texte runter und sahen zu, dass wir unseren Lebern und Lungen danach im Backstage-Bereich ausreichend Gewalt antaten.

Als wir, nachdem wir unsere Gage eingesackt hatten, schließlich in unser Quartier aufbrachen – statt der üblichen Privatwohnung waren uns diesmal Pensionszimmer zur Verfügung gestellt worden –, führte uns unser Weg an einer Reihe von Bars vorbei, die unübersehbar dem sogenannten Rotlicht-Milieu zuzuordnen waren.

Vor der dritten oder vierten dieser Pinten verlangsamte Cathy den Schritt und warf einen herausfordernden Blick in die Runde: »Und? Noch 'nen Absacker?«

»Aber auf jeden«, tönte Roman. Und auch ich hörte mich begeistert Zustimmung äußern.

Damit war die Angelegenheit entschieden. Roman stieß die Tür auf und schob einen schweren Vorhang zur Seite, Cathy und ich folgten ihm, und in unserem Sog traten auch Patricia und Arne ein.

Dem Eingang direkt gegenüber befand sich die Theke, hinter der eine Matrone mittleren Alters agierte. Ihr Äußeres ließ sie wie eine Karikatur ihres Berufsstandes wirken: verlebte Züge; missmutiger Gesichtsausdruck; grelle, dick aufgetragene Schminke; Klamotten, die ihr zehn Jahre zuvor vielleicht noch gestanden hätten. Als sie registrierte, dass sie es bei den Neuankömmlingen mit gemischtgeschlechtlicher Kundschaft zu tun hatte, wurde ihr Blick noch eine Spur feindseliger.

»Keine Frauen«, sagte sie barsch.

»Ich bitte Euch, Mylady: Fasst Euch ein Herz und macht eine Ausnahme!«, entgegnete ich so jovial wie möglich, während ich mich gleichzeitig darum bemühte, die Miene eines Menschen aufzusetzen, der eine ordentliche Zeche zu hinterlassen gedenkt. »Wir sind weit gereist und benötigen nichts dringender als eine alkoholische Stärkung. Davon ab, werden sich die Damen in unserer Begleitung mehr als zurückhaltend benehmen.«

Offenbar hatte ich mit dieser d'Artagnan-Nummer den richtigen Ton getroffen. Die Wirtin, respektive Puffmutter – denn wen sollte diese autoritätsgebietende Erscheinung sonst darstellen, wenn nicht die Chefin des Ladens – taxierte mich für einen kurzen Moment, dann ließ sie sich zu einem knappen *na, is' gut* herab und wies uns mit einer Kopfbewegung den Weg in einen Nebenraum.

Gedämpftes Licht, viel Chrom, viel Leder, unter der Decke eine glitzernde Diskokugel. Gäste waren nicht zu sehen. Dessen ungeachtet zeigte keins der leicht bekleideten Mädchen – ein halbes Dutzend werden es gewesen sein –, die sich träge auf der Tanzfläche wiegten oder allein an einem der Tische saßen, bei unserem Erscheinen eine Regung, die darauf hätte schließen lassen, dass nun Arbeit anstand. Nachdem wir einen Tisch für uns gefunden hatten, eilte niemand herbei, um Getränkewünsche oder ähnliches zu erfragen. Und so war es an Arne, eine Runde Bier an der Theke zu organisieren. Während wir auf ihn warteten, taxierte Roman die uns umgebende menschliche Ware mit abschätzenden Blicken, die wohl seine Kennerschaft belegen sollten. Dann sagte er: »Ich denke, ich nehme den Schokocrossie dahinten an der Treppe.«

Gemeint war eine kurzhaarige Schönheit, mit langen, schlanken Beinen, deren Hautton tatsächlich an hellere Schokolade erinnerte.

Ich beobachtete Cathy, die sich durch die unsägliche Bezeichnung ebenfalls herabgewürdigt fühlen musste. Aber die erwartete Reaktion blieb aus. Cathy lachte nur und kommentierte die Ansage mit einem neckischen: »Hey, die hatte ich schon für mich reserviert.«

»Tja, den Gedanken wirst du dir wohl aus dem Kopf schlagen müssen. Du hast doch gehört, was die Schabracke hinterm Tresen gesagt hat«, entgegnete Roman mit einem ebenso schmierigen wie überlegenen Lächeln, das ich ihm am liebsten aus der Fresse getreten hätte.

Cathy ließ sich auch dadurch nicht aus der Ruhe bringen.

»Hell yeah, diese Bergvölker sind einfach zu prüde«, erwiderte sie und nahm Arne eine der herbeigeschafften Flaschen aus der Hand.

Und dann kam die Frage, die mich so unvorbereitet traf wie der Schmerz den Barfußläufer nach einem Tritt in den Zimmermannsnagel, obwohl ich doch schon beim Betreten der Lokalität hätte wissen müssen, dass sie früher oder später fallen musste: »Und du?« Roman sah mich angriffslustig an.

Vielleicht hätte ich mich mit einem billigen Witz oder irgendeinem anderen Mätzchen aus der Affäre ziehen können. Aber Cathy kam mir zuvor: »Ja, los, Mann, zeig uns mal, auf welches Mädchen du gern abspritzen würdest.«

Ich dachte an den Bordellbesuch, von dem mir einer meiner Freunde einst erzählt hatte. Er war dort mit Liebeskummer aufgelaufen, hatte für schnellen und unpersönlichen Sex hundert Deutsche Mark abgedrückt, um danach mit noch größeren Depressionen von dannen zu schleichen. Ich dachte daran, wie ich mir damals geschworen hatte, meine eigene Biografie von derartigen Erlebnissen freizuhalten. Und dann fiel mein Blick auf eine der beiden Frauen, die gerade versuchten, einem grottenschlechten 90er-Dancefloorbeat durch möglichst laszive Bewegungen einen Hauch von Erotik abzuringen. Sie war deutlich älter als ihre Kolleginnen, sicher schon über Dreißig, und eher herb als niedlich zu nennen. Aber genau darin, also im Fehlen dieses Püppchenhaften, das hier ansonsten die Grundlage eines Beschäftigungsverhältnisses zu bilden schien, lag ihr besonderer Reiz. Ich beobachtete sie für ein oder zwei Sekunden, wobei ich in ihren Bemühungen einen leichten Widerwillen zu erkennen meinte. Dann sagte ich: »Die auf der Tanzfläche. Die mit den blondierten Haaren.«

Roman lachte auf. »*Die* Alte?! Na, jeder, wie er's braucht.« Mit einem amüsierten Kopfschütteln stemmte er sich in die Höhe. »Okay, Mann, dann regle ich das mal für uns.«

Bevor ich etwas erwidern konnte, schob er sich schon an den Tänzerinnen vorbei Richtung Bar. Ich sah ihm nach, sah ihn kurz mit der Wirtin sprechen und anschließend sein Portemonnaie aus der Hosentasche ziehen. Dann widmete ich meine Aufmerksamkeit wieder dem Tischgeschehen. Während sich Patricia und Arne betont unbeteiligt unterhielten, grinste mich Cathy unverhohlen an. Ich konnte ihren verschwörerischen Blicken nicht standhalten und zündete mir umständlich eine Kippe an.

Die Glut hatte den Tabak noch nicht mal zur Hälfte gefressen, als ich Romans Rechte auf meiner Schulter spürte.

»Alles klar. Auf geht's, Alter!«, trompetete er. »Die Kohle hab ich dir erst mal ausgelegt.« Er wandte sich um, flüsterte im Vorbeigehen der Blonden etwas ins Ohr, wobei er kurz auf mich zeigte, und eilte dann mit einer ausladenden Geste, die ihn wie einen Showmaster wirken ließ, der einem seiner Kandidaten gerade den Gewinn einer Waschmaschine verkündet, auf das Mädchen seiner Wahl zu.

Obwohl ich wusste, was das Protokoll nun von mir verlangte, blieb ich wie paralysiert sitzen. Und so war es der Hure überlassen, die Dinge in Gang zu bringen. Sie trat an mich heran und hielt mir ihre Hand hin.

»Na, komm«, sagte sie, mit einem Akzent, der stark nach Osteuropa klang. Und als ich nicht gleich reagierte: »Aufs Zimmer.«

Nachdem ich mich in die Senkrechte gebracht hatte, ließ sie mich los und stöckelte vor mir her bis ans andere Ende des Raums. Dort ging es eine wacklige, schwach beleuchtete Stiege hinauf, die sich gut als Kulisse einer Irma la Douce-Aufführung gemacht hätte.

Von Roman war nichts mehr zu sehen. Dafür machte sich der Alkohol bemerkbar. Während wir ein verwirrendes Labyrinth enger, verwinkelter Korridore passierten, fühlte ich mich mit einem Mal auf eine unangenehme Weise betrunken. Mich überkam das dringende Bedürfnis, meine eigene Stimme zu hören. Aber was hätte es in diesem Moment schon Großartiges zu sagen gegeben? Also brachte ich den Klassiker.

»Wie heißt du denn?« Als ob der Name der Frau, deren Rücken ich gerade vor Augen hatte, besser: ihr Pseudonym irgendeine Rolle gespielt hätte.

Sie drehte sich kurz um und schenkte mir ein müdes Lächeln: »Svetlana.«

Augenblicklich schossen mir Fernsehbilder hinter die Pupillen: knapp bekleidete Mädchen, die sich, während sie von Polizeibeamten ins Freie geführt wurden, Jacken oder Mäntel über die Köpfe hielten, um den unbarmherzigen Suchern der Kameras zu entgehen. Ich dachte an Menschenhandel und Vergewaltigungen, ich dachte an gewissenlose Schmierlappen, die sich durch das Aneignen von Ausweispapieren zum Sklavenhalter aufschwangen. Dann schob sich Romans überhebliches Grinsen vor dieses Panoptikum.

Das *Zimmer* wirkte nach dem klaustrophobischen Weg dorthin geradezu riesig. Es verfügte über ein geräumiges Bett und eine in den Boden eingelassene Badewanne, in der ohne Probleme drei Personen Platz gefunden hätten. Ich wusste nicht recht wohin mit mir, und war froh, dass ich mich, da ich noch immer eine Zigarette in der Hand hielt, nach einem Aschenbecher umsehen konnte.

Ich konnte keinen entdecken.

»Hast du irgendein Behältnis, in dem ich meine Kippe entsorgen kann?«, fragte ich über die Schulter, erhielt aber keine Antwort.

Ich wandte den Kopf, sah in ein vollkommen leeres Gesicht und erst da begann mir zu dämmern, dass Svetlana meiner Muttersprache nur in Ansätzen mächtig war. Nun war ich ja nicht zum Gedankenaustausch mitgekommen, trotzdem missfiel mir der Umstand, dass wir uns nur bedingt würden verständigen können. Mein Unwohlsein erhielt einen weiteren Schub.

Dessen ungeachtet rang ich mir ein Lächeln ab und präsentierte Svetlana die Pall Mall, die mittlerweile bis zum Filter heruntergebrannt war. Jetzt verstand sie, griff hinter sich in ein Regal und drückte mir einen dieser Einwegaschenbecher aus Alu in die Hand.

Ich ließ mich auf der Bettkante nieder und entledigte mich der Kippe. Währenddessen begann sich Svetlana aus ihrem engen Shirt und den Hotpants zu schälen. Ich hätte mir am liebsten gleich die nächste angesteckt, wollte mir meine Nervosität aber auch nicht *über Gebühr* anmerken lassen. Stattdessen begann ich, mich ebenfalls auszuziehen.

Svetlana war mittlerweile in die Wanne gestiegen, wo sie sich – den Duschkopf in der Linken – ausgiebig die Vagina wusch. Obwohl ich versuchte, dieses Schauspiel mit möglichst lässigem Blick zu verfolgen, fühlte ich mich wie ein Spanner.

Nachdem sie sich abgetrocknet hatte, kam sie auf mich zu, blieb etwa einen Meter vor mir stehen und fing an, sich langsam in den Hüften zu wiegen. Sie hatte schon auf der Tanzfläche keine gute Figur abgegeben. Jetzt – gänzlich nackt und ohne jede musikalische Begleitung – wirkte ihre Vorstellung einfach nur jämmerlich. Ich hätte ihr gern Einhalt geboten, aber ich wusste nicht, wie. Und so war ich, während sie ein Programm abspulte, das sie sich unmöglich selbst ausgedacht haben konnte, dazu verdammt, in aller Ausführlichkeit ihren Leib zu mustern. Sie war deutlich zu dünn, ja, schon fast knochig, und das war sicher auch der Grund, warum ihre mittelgroßen Brüste ziemlich herabhingen. Was mich aber wirklich störte, war dieser schmale Streifen Schamhaar, von dem sie ihren Rasierer ferngehalten hatte. In Verbindung mit einer schräg von der linken Hüfte herablaufenden Operationsnarbe wirkte er wie ein bizarrer Wegweiser.

Ich war kurz davor, die Chose abzublasen, ärgerte mich schon, dass ich meine Klamotten nicht mehr anhatte. Aber dann kam Svetlana zum Ende, trat zwei Schritte an mich heran und bedeutete mir mit leichtem Druck gegen die Brust, mich nach hinten fallen zu lassen. Als sie sich neben mich legte und mir an den Schwanz griff, fühlte sich das unerwartet normal an, und zwar so sehr, dass meine Hand unweigerlich ihre Wange zu streicheln begann. Ich wollte sie küssen, konnte mich aber gerade noch daran erinnern, dass Küsse in diesem Gewerbe ein Tabu darstellten. Stattdessen biss ich sie vorsichtig in die Halsbeuge.

»Nicht, nicht«, flüsterte sie mit erschreckter Stimme und entzog sich mir. Bisse waren anscheinend nicht weniger verboten.

Dass mein Schwanz hart wurde, registrierte ich mit einiger Verwunderung. Ich hatte tatsächlich nicht damit gerechnet, dass mir unter diesen mehr als bedrückenden Umständen auch nur der Ansatz einer Erektion vergönnt sein würde. Zu diesen Umständen zählte auch, dass Svetlana mit einem Mal zu stöhnen begann, ganz so, als ob ich es wäre, der *ihr* etwas Gutes tat, und nicht umgekehrt. Unter das Geseufze und Gestöhne mischte sie Anfeuerungsrufe, die zum Teil eine schon ans Absurde grenzende Komik aufwiesen; so zum Beispiel die mehrfach wiederholte Wortfolge *schöne Klinge, starke Klinge* – als würde sie im Verkaufsfernsehen ein elektrisches Küchenmesser anpreisen.

Das alles war natürlich Teil der Show, sollte der Kundschaft das Gefühl vermitteln, eine unbändige Erotik auszustrahlen, wirkte aber – nicht zuletzt wegen seiner Vorhersehbarkeit – reichlich erbärmlich.

Dass mich nach kurzer Zeit trotzdem das Bedürfnis überkam, mein Sperma zu verspritzen, lag einfach an Svetlanas Fingerfertigkeit. Phantasien, die sich mit Weitergehendem beschäftigten, stellten sich nicht ein. Da war kein Bild, das sie und mich beim Vögeln zeigte. Und so hoffte ich ausnahmsweise auf einen *schnellen* Abgang – nicht zuletzt, weil so ja auch der Frau, die hier an meinem Leib ihren Lebensunterhalt erwirtschaftete, einiges an Arbeit und Selbstüberwindung erspart bleiben würde. Ich spannte sämtliche Gliedmaßen an und konzentrierte mich auf das süße Brennen am unteren Rand meiner Eichel. Aber bevor ich soweit war, lockerte Svetlana ihren Griff, langte mit der freien Hand hinter meinen Kopf und brachte ein Kondom zum Vorschein.

Ich redete auf sie ein, wollte, dass sie weitermachte, wollte einfach nur professionell abgemolken werden wie irgendein stumpfsinniger Muckibuden-Ochse. Aber sie verstand mich nicht, glaubte vielmehr, dass ich ihr gerade ungeschützten Verkehr vorgeschlagen hätte und sagte abwehrend: »Nein, nein, nur mit Gummi.«

Ich ließ es gut sein, ließ mir die Latexhülle über den Schaft ziehen, ließ es zu, dass Svetlana – ungeachtet des doch sicher nicht sonderlich wohlschmeckenden Materials – meine *starke Klinge* in den Mund nahm. Dass mein Schwanz, während er gelutscht wurde, in einem Kondom steckte, kam mir abstrus vor. Und auch wenn ich davon ausgehen konnte, dass das gesundheitliche Gründe hatte, wurde mir bewusst, dass ich in Sachen »Safer Sex« größere Wissenslücken besaß als gedacht. Immerhin zwang der Blow-Job, den ich zum ersten Mal in meinem Leben tatsächlich als solchen empfand, Svetlana, ihr Stöhnen und dieses unerträgliche Geschwätz einzustellen.

Dafür gelang es ihr auf andere Weise, meinem Lustempfinden den Zahn zu ziehen. Meinen Schwanz zwischen den Lippen, sah sie immer wieder zu mir auf, und weil sie die Augen dabei vor gespielter Begeisterung weit aufriss, wirkte sie wie ein debiles Kind, das verzweifelt um Luftzufuhr rang. Zwar schloss ich *meine* Augen irgendwann, das Abflauen meiner Erektion ließ sich dadurch jedoch nicht mehr verhindern. Während ich mit aller Kraft versuchte, mir irgendetwas *Stimulierendes* vorzustellen, hörte ich Svetlana schmatzen und saugen und konnte gar nicht anders, als an einen überdimensionierten Putzerfisch zu denken, den sie im Labor mit einem Kalb gekreuzt hatten.

Irgendwann merkte auch Svetlana, dass ihre Bemühungen ins Leere liefen, und erlöste mich und sich selbst, indem sie ihren Oberkörper aufrichtete. Allerdings nur, um gleich darauf mit den Worten *okay, dann schön ficken jetzt* ein neues Horrorszenario zu entwerfen.

Ich blickte auf meinen Schwanz, der selbst mit viel gutem Willen nicht mal mehr als Halbsteifer bezeichnet werden konnte, und spürte, wie mir ein Lachen die Kehle hinaufstieg, das mich mit hoher Wahrscheinlichkeit wie einen hysterischen Irren klingen lassen würde.

Bevor es dazu kam, sagte ich *das vergessen wir besser*, schwang meine Beine über die Bettkante und griff in meine auf dem Boden angehäuften Klamotten.

Aber noch war es nicht zu Ende. Im Gegenteil: Svetlana reagierte auf meinen eingeleiteten Abgang regelrecht bestürzt.

»Nicht zufrieden? Warum nicht zufrieden?«, wiederholte sie mehrfach, presste sich an mich und grapschte vergeblich nach meinem Schwanz. Wahrscheinlich fürchtete sie um ihren Job, fürchtete sich davor, dass ich mich bei ihrer Chefin über sie beschweren könnte.

Ich versuchte sie zu beruhigen, lächelte sie an und war mir nicht zu blöd, ihr zusätzlich durch einen erhobenen Daumen zu signalisieren, dass kein Grund zur Sorge bestand. Leider ließ sie sich davon in keiner Weise beeindrucken. Vielmehr steigerte sich ihr Klagen noch, bis sie schließlich etwas ins Spiel brachte, das ich so nicht hatte wissen wollen.

»Drei Kinder zu Hause«, sagte sie, eine Mischung aus Trotz und Trauer in der Stimme. »*Drei* Kinder zu Hause.«

Erst als ich einen Fünfzigeuroschein aus meiner Hose fischte und ihr in die Hand drückte, entspannte sie sich soweit, dass ich mich ankleiden und den Raum verlassen konnte. Es dauerte eine Weile, bis ich zur Stiege zurückfand. Aber das war mir nicht unrecht. Ich verspürte nicht die geringste Lust, meinen Reisegefährten gegenüberzutreten, hätte mich am liebsten klammheimlich in die Pension zurückgestohlen.

An unserem Tisch angelangt, richteten sich drei erwartungsvolle Augenpaare auf mich. Roman war – wie nicht anders zu erwarten – noch nicht wieder da.

»Und? Spaß gehabt?«, fragte Cathy, die ihre Neugier am wenigsten im Zaum halten konnte.

»Nein«, sagte ich in dem deutlichen Bewusstsein, dass meine unübersehbare Stimmung jede Lüge sofort hätte auffliegen lassen, »Spaß hatte ich keinen.«

Seltsamerweise zog diese Äußerung keine weiteren Fragen nach sich. Und so konnte ich mich in Ruhe dem Bier widmen, das ich vor zwanzig Minuten hier zurückgelassen hatte. Es schmeckte schal, aber das störte mich nicht.

Als Roman schließlich auftauchte, veranstaltete er genau das Bohei, mit dem zu rechnen gewesen war.

»Na, wartest du schon lange?«, feixte er und schlug mir bestens gelaunt auf die Schulter. Dann begann er, ohne meine Antwort abzuwarten, mit seinen Erlebnissen zu prahlen: »Shit, die war so geil, die Alte. Ich glaube, die hatte richtig Bock. Wenn die nicht mindestens zweimal gekommen ist, dann will ich ab morgen nie wieder ficken. Mein Schwanz ist jedenfalls dermaßen wundgescheuert ...«

Als er das sagte, hatte ich unwillkürlich Svetlanas Stimme im Ohr, hörte sie mit stark gerolltem *r* dieses *schöne*

Klinge, starke Klinge ausstoßen, und brach in ein befreiendes, nicht enden wollendes Gelächter aus – ein Gelächter, das den ganzen Irrsinn des gerade Erlebten komplett mit sich riss.

»Aber ... was ist denn? Was ist denn *los*?«, erkundigte sich Roman irritiert.

Und da begann auch Cathy zu lachen, bis uns beiden schließlich fast die Luft wegblieb. Als sie dann noch die Augen verdrehte – so als ob sie sagen wollte *Jesus, hör dir diesen Idioten an*, überkam mich das Gefühl, dass ich mir in dieser Nacht mit ein bisschen Glück vielleicht auch noch etwas wundscheuern würde.

Lass mich bluten, Natalie

Mir flattert eine Einladung der Lesebühne LMBN auf den Bildschirm. Als Gast der Showgiganten Misha Anouk, Sebastian23, Sulaiman Masomi und Andy Strauß soll ich an zwei aufeinanderfolgenden Abenden die Städte Köln und Dortmund mit einer kleinen Auswahl meiner Texte beglücken.

Ich habe nicht den Hauch einer Ahnung, was LMBN bedeutet, tippe aber auf Leder, Mastdarmtätowierungen, Bukkake und Natursekt – diese Poetry Slammer sollen ja allesamt recht freizügig sein. Doch selbst wenn die Abkürzung für Leiden, Misshandlung, Bewusstseinsverlust und Nahtoderfahrungen stehen würde, käme ich an einer Zusage nicht vorbei. Denn die vier smarten LMBN-Hengste haben alles, was ich nicht habe, sprich: Ruhm und Reichtum, sowie betörend volles Haupthaar, das auch noch seidig glänzt und glitzert, als wäre es aus den Speichelfäden eines tollwütigen, dauerejakulierenden Einhorns gesponnen worden (so Einhörner denn zum Samenerguss fähig sind). Ich hoffe vor allem, an den zehntausenden Facebook-Fans partizipieren zu können, die jeder Einzelne der Vier sein Eigen nennt. Schließlich macht eine große Facebook-Anhängerschaft nicht nur hochgradig attraktiv, sondern hilft auch gegen Depressionen und Vorhaut-Verengung.

Demgemäß bin ich nicht wenig angespannt, als ich in Köln mit großem Pomp und vollmundigen Worten auf die Bühne gebeten werde. Ja, ich bin derart durch den Wind, dass ich es vollkommen versäume, die gastgebende Stadt, wie es der Anlass ja eigentlich erfordern würde, mit Schmähungen und Verleumdungen zu bedenken. Stattdessen grinse ich dümmlich vor mich hin und schicke ein Winken ins Publikum, das eher zur Letztplatzierten beim alljährlichen Emsdettener Sylvie van der Vaart-Ähnlichkeits-Wettbewerb passen würde als zu der lebenden Legende, die ich laut Ankündigung doch eigentlich sein soll.

Viel Zeit, diesen Patzer zu bejammern, bleibt nicht, denn schon nimmt uns der minutiös geplante Programmablauf in seinen unbarmherzigen Griff. Andy Strauß performt seinen ersten Text. Die Zuhörer liegen, nein, winden sich am Boden, nicht wenige mit deutlichen Anzeichen einer außerkörperlichen Erfahrung in den geweiteten Pupillen. Im Anschluss bringt Sulaiman Masomi allein durch die Ankündigung, dass er später eventuell etwas aus seinem Krankenkassenbonusheft vortragen werde, mindestens zwei Pärchen dazu, spontan die Partner zu tauschen.

Danach ist die Reihe an mir. Ich lese eine extra für diesen Anlass geschriebene Kurzgeschichte über einen Berliner Serienkiller, der sich aus den Hodensäcken seiner Opfer eine Badehose zusammengeschneidert hat, in der er regelmäßig die Reformhäuser seiner Heimatstadt durchstreift. Die Story ist der ultimative Beweis dafür, dass Anspruch und Unterhaltung sich nicht ausschließen müssen. Umso größer der Schock, als ich schon nach wenigen Sätzen erkennen muss, dass mich niemand versteht, noch nicht mal ich selber.

Zusätzlich beeinträchtigt mich die Bühnenbeleuchtung. Die nämlich ist auf Menschen ausgerichtet, die ihre Texte entweder in Blindenschrift verfassen oder die Augen von nachtaktiven Greifvögeln besitzen. Ich gehöre zu keiner der beiden Gruppen, weshalb ich irgendwann, genauer: als ich mir die Wortfolge nicht mehr aus der Erinnerung zusammenreimen kann, um etwas mehr Licht bitten muss. Tatsächlich erscheint nur Sekunden später der barmherzige Sebastian23 und bestrahlt das Blatt Papier in meiner Hand mit seinem Mobiltelefon. Das vertreibt die Dunkelheit zwar ein wenig, macht mich aber – weil ich mich plötzlich fühle wie ein Heimbewohner, dem das Essen in mundgerechte Bissen geschnitten werden muss – vollends konfus.

Trotzdem kämpfe ich mich mit allem, was mir an Konzentration, Willensstärke und Leidensfähigkeit zur Verfügung steht, bis zum Schlusssatz vor. Und siehe: Das Publikum weiß diese Einstellung zu schätzen und honoriert meine Bemühungen mit Applaus. So ist zumindest mein Empfinden, als ich – noch ein wenig benommen – vom Mikro zurücktrete. Leider muss ich gleich darauf realisieren, dass es außer meinen wohlerzogenen Kollegen nur einen einzigen Menschen im Saal gibt, der die Handflächen gegeneinanderschlägt. Und das ist der DJ, der sich durch dieses Manöver auf seinen nächsten Song einstimmen möchte. Diese Erkenntnis bricht mir endgültig das Genick, und während der Rest unseres Lese-Quintetts historische Triumphe feiert, gelingt es mir nur mit Mühe den Impuls zu kontrollieren, meine Bierflasche an der Tischkante zu zerschlagen und die so gewonnenen Scherben meinem Verdauungstrakt zu überantworten.

In der Pause beschließe ich zwar, noch einmal anzugreifen. Aber die zweite Hälfte gerät nicht besser als die erste. Da sich partout niemand finden will, der die Beleuchtungssituation verbessern könnte (O-Ton des zuständigen Technikers: »Das muss so!«), sehe ich mich gezwungen, im Knien zu lesen – denn nur so findet sich vor meinen altersschwachen Augen ein Streifen Licht, der es mir ermöglicht, meinen Text zu erkennen. Dergestalt verbringe ich also die nächsten zehn Minuten in einer Haltung, die der eines bußfertigen Sünders oder der eines Bettlers osteuropäischer Schule gleichkommt, während ich versuche, eine Story über Ali Bert Drüsentrieb vorzulesen. Ali Bert Drüsentrieb ist ein Badezimmerspiegel, dem eines Tages ein Euter wächst, der wiederum bei der leisesten Berührung Klagelaute von sich gibt. Das Publikum hat schon vor dem ersten Wort abgeschaltet. Und ich selber auch, wenn ich ehrlich bin.

Natürlich ein Irrwitz, darauf zu hoffen, nach einem derart desaströsen Auftritt auch nur ein Buch zu verkaufen. Aber aus alter Gewohnheit dackle ich trotzdem zum Merchandise-Stand und ziehe entsprechende Erkundigungen ein.

»Nein, nichts«, sagt Massimo, der italienische Beau, der bei LMBN für den Devotionalienhandel zuständig ist. Es hätte allerdings jemand ein Buch für mich *dagelassen*.

Ach, ja?! Freudestrahlend nehme ich das Geschenk aus Massimos maniküren Händen entgegen und studiere neugierig den Titel: *Selbstmord für Anfänger – ein Ratgeber für Kurzentschlossene*. Ein schneller Blick auf den Preis vermag wenigstens ein bisschen Trost zu spenden: immerhin 1,99 €, trotz deutlicher Lagerspuren.

Danach heißt es, sich der Fanbetreuung zu widmen. Die anderen werden von ganzen Trauben entfesselter Menschenkinder umringt, mit Drogen und Gebäck beschenkt und um Speichel- und Gewebeproben gebeten, während ich selbst anfänglich zugegebenermaßen etwas verloren herumstehe. Aber dann werde ich doch noch angesprochen. Ob ich mir vorstellen könne, mir von ihr ein paar Blutegel setzen zu lassen, will eine ganz in Weiß gekleidete Dame um die siebzig wissen. Sie hätte da so eine kleine Forschungsreihe für einen privaten homöopathischen Zirkel und bräuchte dringend Menschen mit radikal kaputtem Karma.

Ich vertröste sie mit einem diplomatischen *im nächsten Leben unbedingt*, und zu meinem großen Erstaunen lässt sie von mir ab, was aber nicht heißt, dass mein ganz persönlicher Kreuzweg damit schon zu Ende wäre. Es geht im Gegenteil munter weiter: Auf der kurzen, keine fünf Kilometer langen Fahrt zum nächsten McDonald's, wo wir unsere Dopamin-Depots wieder aufzufüllen gedenken, muss ich Andy Strauß wiederholt bitten anzuhalten, weil die vielen Frustbiere, die ich während und nach der Show in mich hineingeschüttet habe, ihren Tribut fordern. Endlich beim Schnellimbiss angekommen, finden sich Stücke eines Topfreinigers in meinem Big Mac – natürlich, nachdem ich bereits den größten Teil des Burgers verzehrt habe. Und später bei ungezählten Partien Memory, mit denen wir den Abend in der Suite von Sebastian23 ausklingen lassen, will es mir einfach nicht gelingen, auch nur ein einziges Mal zwei gleiche Motive aufzudecken.

Scheiß drauf, es kann nur besser werden, denke ich, während ich morgens um sechs einen letzten Jägermeister trinke. Aber wie es beim Roulette keine Garantie dafür gibt, dass auf rot automatisch schwarz folgt, gilt auch im echten

Leben: Verlass dich nicht drauf, dass sich die Dinge ändern, nur weil die Zeit voranschreitet. Und so heißt es auch nach dem Aufstehen wieder: Pardon wird nicht gegeben!

Dabei beginnt der Tag eigentlich recht kommod. Ich habe zwar einen veritablen Kater, aber ausreichend Gelegenheit, mich in aller Ruhe zu erholen, da die Herren Lesebühnengötter einen Fototermin zu absolvieren haben. Ort des Shootings ist ein Spielparadies für Kinder, also eine dieser lieblos eingerichteten, im Nirgendwo irgendeines Gewerbeparks gelegenen Hallen, in denen Eltern – den müden Blick auf leere HARIBO-Tüten und umgekippte Getränkeverpackungen gerichtet – für einen vergleichsweise stolzen Preis dem Nichtstun frönen und sich gleichzeitig der Illusion hingeben können, den Bedürfnissen des Nachwuchses wäre mit ein paar Billigspielgeräten Genüge getan. Diese Anlage ist besonders trist geraten. Aber das ist mir egal. Denn während die anderen von einem Profiknipser aus dem Bällchenbad auf die Rutsche und wieder zurück gescheucht werden, genieße ich die Wonnen einer kalten Cola, sowie die Tatsache, dass ich, von der ein oder anderen erzieherischen Fürbitte abgesehen (»Johannes, nicht in das Lüftungsrohr. *Nicht* in das Lüftungsrohr, habe ich gesagt.« »Lea, legst du die volle Windel bitte wieder in den Mülleimer.«), meine Ruhe habe. Jedenfalls solange, bis dieses weibliche Prachtexemplar der Gattung Ich-trage-meinen-Fahrradhelm-auch-im-Bett an mich herantritt und mich ins Verhör nimmt.

»Entschuldigung, aber uns ist aufgefallen, dass Sie ganz ohne da sind«, flötet sie mich von der Seite an.

Für einen Moment denke ich, ich hätte keine Hosen an, und blicke erst auf mein Beinkleid und danach mit umso größerer Verwirrung in ihr von Misstrauen beherrschtes Gesicht.

Sie hilft mir auf die Sprünge: »Ohne Kind, meine ich.«
»Ja, und?«
»Das sehen wir hier nicht so gern.«
Ich begreife immer noch nicht, worauf sie hinauswill: »Heißt das, Sie mögen keine Menschen, die sich gegen Nachwuchs entschieden haben?«
»Nein, wir mögen keine Menschen, die sich auf diese, na, wie soll ich sagen: sehr *spezielle* Weise zu Kindern *hingezogen* fühlen.«
Wie bitte?! Alkoholbedingte Befindlichkeitsstörung hin oder her, schlagartig schnalle ich, was hier abgeht: Die übermotivierte Bruthenne hält mich für einen Pädophilen, für einen mit allen Wassern gewaschenen *Kinderfreund*, der in diesem Indoor-Revier nach Opfern Ausschau hält.
Kurz denke ich *soll sie doch*. Ja, beinahe hoffe ich darauf, dass sie gleich die Bullen rufen wird, was nicht zuletzt dem Shooting meiner Kollegen zugutekäme. Denn entnervte Beamtengesichter im Hintergrund haben noch jedes Autorenfoto geadelt. Dann wird mir plötzlich bewusst, dass mir ihr impertinenter Vortrag die einzigartige Chance bietet, auf einen Schlag den kompletten in den letzten vierundzwanzig Stunden angesammelten Frust loszuwerden. Also zwinge ich mich meinerseits zu einer ernsten Miene und beginne mit der gebrochenen Stimme eines vom Schicksal gebeutelten Mannes: »Hören Sie, ich bin tatsächlich ohne Nachwuchs hier. Und wissen Sie warum?«
»Nein, natürlich nicht«, sagt sie leicht atemlos. Sicher erwartet sie jetzt Dramatisches, einen schweren Autounfall vielleicht oder eine heimtückische Krankheit, in jedem Fall etwas, das in der Lage ist, ihr langweiliges Dasein ein wenig aufzupeppen.
Um ihrer Sensationsgier die Chance zu geben, sich dem Kulminationspunkt noch weiter anzunähern, lege ich eine

kleine Kunstpause ein, bevor ich mich schließlich vorbeuge und mit leiser, aber dennoch eindringlicher Stimme dies hier in ihrem Bewusstsein verankere: »Ich *hasse* Kinder. Ich hasse sie abgrundtief, so wie man jemanden hasst, der einem das Haus, den Hof, die Frau, das Vieh, die Wintervorräte und das Saatgut geraubt hat. Also tun Sie mir den Gefallen und lassen Sie mich mit dieser Päderasten-Nummer in Ruhe. Sonst zeige ich Ihnen, dass ich mich zwar nicht zu Kindern, dafür aber *auf sehr spezielle Weise* zu allen nur erdenklichen Spielarten der Vulgär- und Fäkalsprache hingezogen fühle. Und das wollen Sie nicht erleben.«

Sie ist kurz davor, etwas zu erwidern, überlegt es sich dann aber anders und stapft angeekelt davon. Nicht sonderlich überraschend, dass sie und der Klüngel, mit dem sie gekommen ist, mich fortan misstrauisch beäugen. Ich begegne diesen Blicken mit einem Gesichtsausdruck, der sich, wie ich hoffe, an das Grinsen eines Hannibal Lecter anlehnt, nachdem dieser Special Agent Starling mal wieder mit einer besonders perfiden Denkaufgabe bedacht hat. Das bessert meine Laune nicht wenig. Und als mich Sulaiman Masomi kurz vorm Aufbruch fragt, ob mir in den letzten zwei Stunden nicht langweilig gewesen wäre, ist es nicht gelogen, als ich sage: »Nein, gar nicht. Ich habe mich wie ein Drache unter Lämmern gefühlt.«

Das war es dann aber auch schon mit den akzeptablen Momenten des Tages. Kaum dass ich in Dortmund auf die Bühne gerufen werde, setzt sich der Reigen der Misserfolge und Schicksalsschläge fort. Dass die Ankündigung heute schon deutlich kürzer ausfällt als gestern (»Und jetzt ... äh, Jan Off.«), hätte ich vielleicht noch verschmerzen können, aber dass ich daraufhin vollkommen vergesse, wo ich bin, und statt Dortmund geschlagene vier Minuten lang Gütersloh mit Hasstiraden bedenke, ist des Guten dann doch etwas zu viel – für mich wie auch für das Publikum. Selbst meine im Stile eines taubstummen Beatboxers vorgetragene Hymne auf die Speisereste in den Zahnzwischenräumen einer mir unbekannten Zollfahnderin aus Kreuzlingen kann die Stimmung danach nicht mehr retten.

Ganz anders dagegen die Kollegenschar: Einer nach dem anderen tritt vor und liefert Beweise seiner Kunstfertigkeit – die Menge gerät aus dem Häuschen, die Menge tobt, die Menge fällt kollektiv in Trance, die Menge verschmilzt zu einem funkelnden Klumpen aus Hingabe und Opferbereitschaft.

Als ich diesmal zum Büchertisch gehe, bin ich auf das Schlimmste vorbereitet. Doch Massimo überrascht mich.

»Heute bist du was losgeworden«, strahlt er mich an.

»Ehrlich?«, strahle ich zurück.

»Nein, war nur Spaß«, sagt Massimo und drückt mir seine leere Bierflasche in die Hand.

Instinktiv spuckt mein Gehirn den Pfandwert aus: acht Cent. Das würde gerade mal für vier Prozent eines gebrauchten Selbstmordratgebers reichen. Gut, dass ich schon einen habe.

Später beim Abbauen des Standes stellt sich heraus, dass mir immerhin ein Buch *gestohlen* worden ist. Es findet sich, kurz nach dem Verlassen der Veranstaltungslokalität, zerrissen in einer Pfütze wieder.

Zurück in Hamburg überlege ich, ob es mit sechsundvierzig schon zu spät ist, beruflich noch einmal neu zu beginnen. Ein kurzer Anruf bei der Agentur für Arbeit bringt in dieser Hinsicht Aufklärung: Eine Umschulung zum Hausmeister wäre eventuell möglich.

Zonenrand – Schlaraffenland: 0:6

(ein Spielbericht aus den letzten Tagen der Liga)

Obwohl wir gerade mal fünfzig Kilometer vom nächsten Grenzübergang entfernt wohnten, verfolgte unser WG-Dreimaster die Ereignisse um den sogenannten Mauerfall ausschließlich auf dem Bildschirm.

Keine Woche bevor die ersten Trabbi-Kolonnen nach Westen vorstießen, hatte Nachgeburt zwei mit dänischen Lehrfilmen gefüllte Koffer aus der Hinterlassenschaft seines Vaters zur Pfandleihe getragen und vom Erlös zwanzig Gramm roten Libanesen erworben. Es bestand also keinerlei Veranlassung, die Behaglichkeit der eigenen vier Wände einer Begegnung mit einem Haufen entfesselter Konsumhungriger zu opfern, die nicht nur schlecht frisiert und seltsam gekleidet daherkamen, sondern die Augen auch mit einer Gesichtsfarbe beleidigten, wie sie normalerweise Menschen vorbehalten ist, die einen stetigen Umgang mit Pökelware pflegen, Fleischereifachverkäuferinnen etwa.

Natürlich mussten auch in diesen Tagen kurze Ausflüge in die Außenwelt unternommen werden, sei es, um die Bier- und Tabakvorräte aufzustocken oder das für THC-Abhängige so unverzichtbare Naschwerk zu beschaffen. Und so registrierten wir sie durchaus, die putzigen Gestalten, die sich da an den Pforten der Geldinstitute die Beine in den Bauch standen oder vor den Fensterscheiben der Kaufhäuser kollabierten, weil ihre Gehirne die zur Schau gestellte Warenfülle nicht verarbeiten konnten. Aber all diese Begebenheiten verloren nach der nächsten genossenen Wasserpfeife schnell wieder an Bedeutung, dienten höchstens noch als Grundlage für müde Scherze aus der Abteilung *das närrische Treiben der Außerirdischen*.

Auch später fand die Bevölkerung der ehemaligen *SBZ* (wie mein alter Erdkundelehrer die DDR stets zu nennen pflegte) so gut wie keinen Eingang in unsere Alltagswirklichkeit. Umso überraschender war es, dass Turnbeutel im Spätsommer '92 mit folgendem Bekenntnis aufwartete: »Mein Cousin aus Leipzig hat mich eingeladen.«

»Dein Cousin?«, entfuhr es mir einigermaßen schockiert, hörte ich doch zum ersten Mal davon, dass mein Freund und Hausgenosse *Ost-Verwandtschaft* sein Eigen nannte.

»Ja, der is' auch Punk. Wir haben vor kurzem angefangen, uns zu schreiben.«

»Leipzig? Ist das nicht das Tal der Ahnungslosen?«, ließ sich Nachgeburt mit süffisantem Unterton vernehmen.

»Das Tal der Ahnungslosen war doch die gesamte DDR«, gab ich nicht minder spöttisch zurück.

Turnbeutel ließ sich dadurch nicht aus dem Konzept bringen: »Tja, ich dachte, wir könnten vielleicht zu dritt ...«

»Spinnst du?!«, stieß Nachgeburt empört hervor. »In die Zone kriegst du mich noch nicht mal mit Waffengewalt.

Wenn ich nur an das Nazipack denke, das sich da breitgemacht hat, kriege ich schon das kalte Grausen.«

Ich verspürte keinerlei Drang, ihm zu widersprechen.

Aber Turnbeutel hatte noch Munition im Lauf: »Hab gehört, die Ostweiber soll'n sexuell voll aufgeschlossen sein.«

Und damit hatte er uns, war doch die einzige weibliche Körperflüssigkeit, von der Nachgeburt und ich in den Monaten zuvor benetzt worden waren, der Handschweiß der alten Frau Meinhard gewesen, die uns gleich beiden eine Ohrfeige verabreicht hatte, obwohl allein Nachgeburt für die Verunreinigung ihres Fußabtreters verantwortlich zeichnete. Ich hatte ihm, während er sich vor der meinhardschen Wohnung erbrach, bloß den Rücken getätschelt.

Sicher war es die Erinnerung an den übel riechenden Mix aus Galle, Gyros und Raki, natürlich in Verbindung mit dem hoffnungsfrohen Aufschrei der eingekerkerten Fleischeslust, die Nachgeburt nun Folgendes sagen ließ: »Scheiß drauf, ich bin dabei. Wollte schon immer mal wissen, was sich hinter dem Begriff *Sättigungsbeilage* verbirgt. Bei dieser Gelegenheit könnte man auch gleich mal 'ne original Thüringer oder 'nen Broiler ...«

»Nicht zu vergessen die regionalen Bierspezialitäten«, fügte ich hinzu.

Gepeinigt von der Vorstellung, diejenigen unter meinen Zeitgenossen, die ihr Begrüßungsgeld vornehmlich in den Erwerb von Bomberjacken und Gaspistolen investiert hatten, würden hinter der ehemaligen Grenze bereits in Heeresstärke auf uns warten, unterließ ich es am Tag der Abreise, meine Haare, wie sonst üblich, zu Stacheln zu formen. Auch in Sachen Garderobe machte ich Abstriche. Die nietenbewehrte, mit allerlei Obszönitäten bemalte Lederjacke – ansonsten mein täglicher Begleiter – wurde kurzerhand durch ein schlichteres Modell der Marke Harrington ersetzt. So hoffte ich, zumindest nicht schon auf den ersten Blick als Zielscheibe selbsternannter Herrenmenschen erkannt zu werden. Nachgeburt, den offenbar ähnliche Befürchtungen befallen hatten, sah vergleichbar zivil aus. Unsere Tarnung verlor allerdings jedweden Sinn, als wir Turnbeutels Erscheinung gewahr wurden. Der nämlich hatte nicht nur die Haarfarbe gewechselt (wo gestern noch ein verblasstes Grün geherrscht hatte, regierte nun ein unbarmherzig leuchtendes Pink), sondern auch seine Joppe mit einem neuen Schriftzug versehen, der da lautete *Saufen, Ficken, Vopos klatschen!*

Natürlich verbot es der Stolz, in dieser Angelegenheit zu intervenieren. Und so hätten wir, als wir das Haus schließlich verließen, auch ein Spruchband mit uns führen können, das uns als genau die Sorte verkommener Tagediebe auswies, an denen der nationalsozialistische Nachwuchs so gern seine Fähigkeiten im Bordsteinsurfen erprobte.

Nachgerade erstaunlich also, dass sich während der Zugfahrt kein einziger Zwischenfall ereignete. Tatsächlich wollte sich noch nicht mal der Schatten eines Hitlerbärtchens zeigen. Demgemäß ließ die Angst von Bahnhof zu Bahnhof nach, während diametral dazu der Alkoholpegel stieg.

Kurz vor der Einfahrt nach Leipzig war die Stimmung bereits derart gelöst, dass Nachgeburt sich zu einem Scherz auf Kosten unseres Gastgebers hinreißen ließ.

»Der trägt bestimmt 'ne Plastikjacke und so 'n Jeansimitat aus vietnamesischer Produktion, dein Cousin«, sagte er an Turnbeutel gewandt.

Hätte er geahnt, was uns gleich erwartete, er hätte sicher geschwiegen. Denn der breitschultrige, etwa zwei Meter große Hüne, der uns am Bahnsteig empfing, unterschied sich, was Stilfragen anging, nur in zwei Punkten von seinen Gästen. Diese beiden Details aber waren jedes für sich so beeindruckend, dass man Nachgeburts Schandmaul eigentlich noch an Ort und Stelle mit Schwefelsäure hätte auswaschen müssen. Zum einen war da dieser gut sichtbare *Nazis zu Lampenschirmen*-Aufdruck auf seinem Shirt, mit dem er speziell die beiden Angsthasen unseres Trios beschämte, zum anderen eine ornamentartige Tätowierung am Hals – damals noch eine echte Seltenheit –, die nicht nur bei mir aufrichtigen Neid hervorrief.

»Wo hast'n *die* her?«, fragte Turnbeutel mit großen Augen.

»Hab ich mir letztes Jahr, während meiner Weltreise, auf Samoa stechen lassen«, kam es lässig zurück.

Die westdeutsche Zoologenschar, die es nie weiter als bis nach Amsterdam oder Kopenhagen geschafft hatte, reagierte mit andächtigem Schweigen. Und das sollte sie im Verlauf der nächsten zwei Tage noch häufiger tun. Denn Böhnchen, so der im Hinblick auf seinen Wuchs doch etwas irreführende Name von Turnbeutels Cousin, hatte noch einiges mehr zu bieten. Nächster Punkt auf der Liste erschütternder Erfahrungen: die Wohnsituation des Probanden. Gut, ein besetztes Haus – wenn auch von der Größe einer Gartenlaube – hatte unsere Heimatstadt ebenfalls vorzuweisen. Böhnchen allerdings logierte in einer Straße, in der nahezu *jedes* Objekt ohne behördliche Genehmigung vergesellschaftet worden war. Heißa, das war natürlich ein Augenschmaus für den gestandenen Tunichtgut, allüberall die Insignien der Verweigerung prangen zu sehen! Aber es sollte noch besser kommen.

Nachdem wir jeder ein Bier erhalten und am Küchentisch Platz genommen hatten, schickte Nachgeburt sich an, etwas vom mitgebrachten Hasch aufzustreuen, wurde aber von unserem Gastgeber kurzerhand in seinem Tun gestoppt.

»Heb dir den Zwackel mal besser auf«, sagte der und brachte eine Aldi-Tüte zum Vorschein, die bis auf den letzten Quadratmillimeter mit Gras gefüllt war.

Nachgeburt stieß einen anerkennenden Pfiff aus.

»Lass mich raten: Die letzte Station deiner Weltreise war Holland.«

»Holland?« Böhnchen lachte laut auf. »Holland liegt bei uns im Hinterhof. Schaut mal raus!«

Wir traten, wie verlangt, ans Fenster. Und wieder blieb uns nichts als ehrfürchtiges Staunen. Der gesamte Bereich war dicht an dicht mit Hanfpflanzen bewachsen, von denen nicht wenige eine Höhe erreicht hatten, die mir bis dahin einzig auf den Plattencovern eines Peter Tosh begegnet war.

»Bei allen Heiligen!«, stöhnte Nachgeburt, nachdem er sich wieder halbwegs gefasst hatte. »Habt ihr bei diesen Ausmaßen keinen Schiss vor den Bullen? Ich meine, reicht ja, wenn die hier *einmal* 'ne Hausdurchsuchung ...«

»Die Bullen trauen sich hier schon lange nicht mehr vorbei«, entgegnete Böhnchen. »Haben sich mit ihrer Uraltausrüstung schon zweimal 'ne Packung abgeholt. Und bevor die nicht vollständig ausgetauscht ist und die neuen Befehlsstrukturen funktionieren ... Na, hoffen wir, dass das noch ein bisschen dauert.« Unser Herbergsvater klemmte sich den Joint, den er zwischenzeitlich gefertigt hatte, hinters Ohr. Dann sagte er: »So, und jetzt zeige ich euch mein Viertel. Kiffen können wir unterwegs.«

Es folgten rauschhafte Stunden, wie sie sich jeder Fahrensmann mit Geschmack und Verstand nur wünschen kann. Wir zogen durch improvisierte Clubs (oft in den Tiefen von Abrisshäusern verborgen), durch schwach beleuchtete Kellerlokale und zu Bars umfunktionierte Garagen, von denen die wenigsten den Eindruck erweckten, als ob sie sich um Schankgenehmigungen oder ähnliche staatliche Vorgaben scheren würden; tanzten hier zu grauenvollem Deutschpunk und dort zu grauenvollen Hits aus den Achtzigern; tranken Bier, das im Normalfall nicht mehr als eine Mark kostete (wohlgemerkt pro Halbliterflasche); bedienten uns immer wieder reichhaltig aus der Aldi-Tüte, die Böhnchen in weiser Voraussicht seinem Marschgepäck überantwortet hatte, und erlernten nebenbei noch so possierliche neue Ausdrücke wie *illern* oder das mit kurzem *u* gesprochene *buchen*. Letzteres übrigens im Vorfeld einer kleinen Auseinandersetzung mit einem sogenannten Oi-Skin aus Greifswald, der sich partout nicht von der Wahnidee abbringen lassen wollte, die Abkürzung *Vopo* auf Turnbeutels Jacke stünde für Menschen aus Vorpommern, also für jene Volksgruppe, zu der sich der Skinhead Kraft Geburt selber zählte. Kurz: Wir amüsierten uns wie Bolle. Und während Turnbeutel seine Platzwunde noch draußen am Notarztwagen versorgen ließ, sollte nun endlich auch die so dringend herbeigesehnte Kontaktaufnahme mit der Damenwelt erfolgen.

Nachgeburt hatte hinterm Tresen zwei Schönheiten erspäht, die sich in Ermangelung von Gästen gerade gegenseitig bewirteten. Nun zog er mich am Arm hinter sich her, bis wir die Reihe leerer Barhocker erreicht hatten.

»Na, ihr Hübschen, schon mal Kokain probiert?«, tönte er, während er sich verschwörerisch über die Theke beugte.

Kokain? Ich glaubte, meinen Ohren nicht zu trauen. Immerhin kostete ein Gramm seinerzeit um die zweihundert Steine. Aber kaum dass seine Worte verhallt waren, brachte mein Gefährte ein durchsichtiges Tütchen zum Vorschein, das unverkennbar mit weißem Pulver gefüllt war. Verdammt, das musste er sich vor der Abreise extra für einen Moment wie diesen besorgt haben.

Die Girls reagierten weit weniger beeindruckt als ich.

»Den Dreck könnt ihr euch in die Haare schmier'n«, sagte die mit dem zwanzig-Zentimer-Iro, die ich im Stillen schon für mich reserviert hatte. »Wir haben was Besseres: Sächsisch-Koks. Kennt ihr das?«

Als Nachgeburt und ich kopfschüttelnd verneinten, gebot man uns zu warten, dann verschwanden die beiden in den hinteren Räumlichkeiten.

Es verging eine Zeitspanne, die mich schon glauben ließ, wir wären einem Täuschungsmanöver, sprich: einer banalen Flucht aufgesessen. Aber nach einer gefühlten Ewigkeit kehrten unsere Wohltäterinnen dann doch zurück und stellten mit den Worten *die gehen aufs Haus* zwei randvoll gefüllte Kaffeetassen vor uns ab.

Deren Inhalt stellte sich nach kurzem Nippen schnell als Wodka heraus, der erwärmt und mit reichlich Zucker versetzt worden war, woraufhin ich es bei dem einen Schluck beließ. Nachgeburt jedoch packte diese Gelegenheit, sich als wahrer Mann und Pionier der Leberforschung zu präsentieren, sogleich beim Schopfe. Er trank seine Tasse auf ex, und als er sah, dass ich meine verschmähte, kippte er die auch noch in sich hinein.

Keine fünf Minuten später hatte er sich bereits auf seine Springerstiefel erbrochen, was ihn nicht davon abhielt, mir und unseren kichernden Zuschauerinnen eine Tritttechnik vorzuführen, die er sich nach eigenen Angaben noch zu Grundschulzeiten bei Bruce Lee abgeguckt hatte. Da er dabei die Kotzlache missachtete, die sich zu seinen Füßen gebildet hatte, und noch vor der eigentlichen Präsentation zu Fall kam, wobei er sich nicht nur mehrere Prellungen, sondern auch einen Anriss der Patellasehne zuzog, war es von Vorteil, dass der Notarzt, der mit Turnbeutel offenbar deutlich mehr Arbeit hatte als angenommen, noch immer vor der Tür agierte.

Das Aufeinandertreffen mit unseren neuen, sexuell so aufgeschlossenen Schwestern war also – so das Fazit während der Rückfahrt – nicht ganz wie erhofft verlaufen. Dafür waren wir nicht einem einzigen Nazi begegnet, zumindest keinem, der sich als solcher zu erkennen gegeben hatte.

Backenfutter gab es trotzdem noch. In Helmstedt stieg ein knappes Dutzend Bundeswehrsoldaten in unser Abteil, die es sich nicht nehmen ließen, uns mit handfesten Argumenten daran zu erinnern, dass auch im Westen der Republik ausreichend Volk existierte, das seine Atemluft nur ungern mit *Parasiten und Sozialschmarotzern* teilte – gerade wenn diese, die zahllosen Verbände und Bandagen, die sie am Leib trugen, mit Sprüchen wie *Rekruten, lasst das Wasser ein – lasst den Barschel nicht allein* beschriftet hatten.

Judgement Day, Digger!

»Diese Schweine, diese miesen Schweine. Seht euch an, was sie mit meinem Ranzen gemacht haben!« Philips Stimme zitterte vor Empörung. Dann lag sein Scout-Tornister auch schon vor unseren Füßen, damit wir die Freveltat mit eigenen Augen betrachten konnten.

Dort, wo eigentlich Spidermans Kopf hätte zu sehen sein müssen, prangte das DIN-A5-große Foto eines extrem behaarten, weit auseinanderklaffenden weiblichen Geschlechtsorgans.

»Sekundenkleber. Das bekomme ich nie wieder ab«, jammerte Philip, ließ sich uns gegenüber auf den Boden fallen und begann, um seine düstere Prognose zu untermauern, mit den Nägeln von Zeige- und Mittelfinger unmotiviert am äußeren Rand des schwarz gekräuselten Dickichts herumzuprokeln. Dabei zuckten seine Nasenflügel einen Moment lang derart unkontrolliert, dass ich schon dachte, er würde in Tränen ausbrechen.

»Die werden echt immer dreister, die Asis«, sagte Konrad voller Mitgefühl. »Mir haben sie vor ein paar Tagen in die Brotdose geschissen.«

»Wirklich?«, entfuhr es mir nicht wenig überrascht. Von diesem Zwischenfall hatte Konrad gar nichts erzählt.

Dem Angesprochenen war meine Nachfrage sichtlich unangenehm. Er blieb mir die Antwort schuldig und starrte stattdessen auf die Klettverschlüsse an seinen Turnschuhen. Offenbar war ihm diese Information gänzlich unkontrolliert entschlüpft.

Ich drang nicht weiter in ihn. Obwohl wir, also Konrad, Philip und ich, Freunde und Leidensgefährten waren, hatten wir Geheimnisse voreinander – auch und gerade, was die Schikanen durch die Asis anging, Demütigungen, die einfach zu beschämend waren, um sie nicht in den tiefsten Schächten der Erinnerung zu verschließen.

Die *Asis* oder die *miesen Schweine* (oder welche Schimpfnamen sie sonst noch von uns erhielten – zumindest, wenn wir sicher sein konnten, dass sie uns nicht hörten), waren eine Bande übler Soziopathen, die hauptsächlich den Klassen 8b und 8e entstammten. Sie selbst nannten sich *Monster-Mafia-Killer-Crew* – ein Name, der lachhaft klingen mag, auf uns damals aber denselben Schrecken ausübte wie die Erwähnung Saurons auf die Bewohner des Auenlandes.

Seitdem wir ein halbes Jahr zuvor von der Vierten in die Fünfte, also von der Grund- auf die Gesamtschule gewechselt waren, hatte es kaum einen Tag gegeben, an dem sich die MMKC nicht an unseren zarten Seelen vergriffen hatte, was nicht heißen soll, dass wir die einzigen Opfer dieser gefühllosen Kreaturen gewesen wären.

Mittlerweile waren wir derart eingeschüchtert, dass wir uns – um nur ein Beispiel zu nennen – selbst *während* des Unterrichts nicht mehr auf die Toilette trauten. Wir waren dort einfach zu oft *getauft*, also mit dem Kopf bei laufender Spülung in die Schüssel gedrückt worden. Um diesen unseligen Ort nie wieder aufsuchen zu müssen, war es natürlich notwendig, die Zufuhr von Flüssigkeiten radikal zu drosseln. Aufs Essen zu verzichten, war nicht minder ratsam. Aber Appetit besaßen wir ohnehin keinen mehr. Tagtäglich standen wir also mittelmäßig bis schwer dehydriert auf dem Pausenhof und warteten, während sich unsere übersäuerten Mägen angstvoll zusammenzogen, darauf, wer von uns diesmal an der Reihe war, in den Müllcontainer gesperrt, seiner Kleidung beraubt oder »einfach nur« beleidigt und herumgeschubst zu werden.

Mit dieser unterwürfigen Haltung sollte nun offenbar Schluss sein.

»Wir müssen endlich was gegen die Hurensöhne unternehmen«, sagte Philip mit ungewohnter Entschlossenheit. »Dafür brauchen wir natürlich 'ne *eigene* Gang. Am besten eine, die straff organisiert ist und schon durch ihren Namen Stärke symbolisiert ... so wie die Hitlerjugend.«

»Aber Hitler war doch voll der Fucker«, entgegnete Konrad.

»Das ist doch jetzt erst mal egal. Es geht ums Prinzip, also darum, deinen Feinden von vornherein zu zeigen, dass du die Macht auf deiner Seite hast, versteht ihr?!«

»*Hitlerjugend* nenne ich mich trotzdem nicht«, widersprach Konrad erneut.

»Ist ja auch nicht nötig. Wir nehmen einfach wen von heute. Wer hat in Deutschland gerade am meisten zu bestimmen?«

»Na, die Merkel«, sagte ich, um auch mal eine Wortmeldung verbuchen zu können.

»Also nennen wir uns *wie*?« Philip sah in die Runde wie unser Mathelehrer Dr. Wanzleben, wenn dieser eine seiner berüchtigten Gleichungen an die Tafel gemalt hatte.

»*Merkel-Jugend*?!«, kam es von Konrad im genervt-spöttischen Ton einer altklugen Neunjährigen zurück.

»Genau.«

»Aber so 'ne Frisur mach ich mir nicht.«

»Nee, aber solche Jacketts brauchen wir schon. Solche Sakkos.« Philip klang leicht euphorisch.

»Du meinst *Blazer*«, erlaubte ich mir, ihn zu verbessern.

Er spuckte aus, wobei er verwegen wirken wollte, was ihm, da der Plocken auf dem Ranzen landete, gründlich misslang.

Während der Speichel langsam über die aufgeklebte Vagina rann, was so aussah, als wäre sie gerade mit einer massiven Ladung Sperma bedacht worden, sagte Philip: »*Blazer*, richtig.«

Und damit durfte die Gründung der Merkel-Jugend auch schon als vollzogen betrachtet werden.

Bereits am nächsten Tag begannen wir mit dem Anwerben von Mitstreitern und das nicht ohne Erfolg. Zwei Typen aus der Physik-AG erklärten bereitwillig ihren Eintritt, nachdem wir ihnen in Aussicht gestellt hatten, dass die Kanzlerin persönlich zu unserer Weihnachtsfeier erscheinen würde. Des Weiteren gelang es Konrad, seinen kleinen Bruder zum Mitmachen zu überreden. Der war zwar erst sieben, also noch nicht mal auf unserer Schule, aber angeblich ein Ass im Judo.

Neben diesen Rekrutierungsmaßnahmen lag unser Augenmerk vor allem auf der Beschaffung der Blazer. Denn es ist nun mal eine alte Wahrheit, dass die Uniform den Soldaten macht. Fündig wurden wir in Traudels Trümmerstüberl, einem Secondhandladen für die *reifere Kundschaft*. Hier gab es eine unschlagbare Auswahl und vor allem Rabatt, weil es uns gelang, Traudel glauben zu machen, wir bräuchten die Joppen für eine Theateraufführung zugunsten der Kinderkrebshilfe.

Zwar passte kein einziges der erbeuteten Stücke – viele waren in der Taille zu weit geschnitten, während die Ärmel kurz hinterm Ellenbogen endeten. Aber dieses vermeintliche Manko erhöhte die Scheußlichkeit unserer neuen, ohnehin schon abstoßenden Kampfmontur (deren Farbgebung sich konsequent zwischen zahnsteingelb und zahnfleischrosa bewegte) noch einmal um ein Vielfaches, was bei ihren Trägern zu einem spürbaren Zuwachs an Selbstbewusstsein führte.

Zwar hatten Konrad und Philip während unseres Gründungstreffens der Haartracht unserer Übermutter noch erkennbar ablehnend gegenübergestanden, schon nach wenigen Tagen meinte ich allerdings, an ihren Frisuren Veränderungen wahrzunehmen, die stark in Richtung Merkelhaube tendierten. Und auch ich selbst ertappte mich immer häufiger dabei, wie ich vor dem Spiegel mithilfe von Kamm und Bürste versuchte, meinem sportlichen Kurzhaarschnitt etwas Staatstragendes zu verleihen.

Dergestalt an allen Fronten auf dem Vormarsch dauerte es keine zwei Wochen, bis sich die Merkel-Jugend bereit fühlte, eine erste Konfrontation zu wagen. Unsere Armee war mittlerweile noch einmal kräftig angewachsen. Alles, was mit Pickeln, Brillen oder Hühnerbrüsten geschlagen war, schien nur darauf gewartet zu haben, dass endlich jemand den Tag der Abrechnung ausrief. Und als wir in der ersten großen Pause in der Ecke des Schulhofs, die für *Spackos und Opfer* reserviert war, in Schlachtformation antraten, sahen wir nicht wenig beeindruckend aus. Vierzehn Krieger in exotischer Oberbekleidung, deren Mienen nur eins verrieten: den unbedingten Willen zur Vorherrschaft.

Philip, der vom ersten Tag an als unser heimlicher Anführer gegolten hatte, fackelte denn auch nicht lange und rief dem dicken Dariusz, der wiederum als Chef der Ge-

genseite betrachtet werden musste, mit piepsender, aber dennoch fester Stimme zu, dass dieser seinen fetten Arsch zu uns rüberschaffen und sich seine ganz persönliche Familienpackung Schmerz abholen solle. Der Gedanke, der hinter diesem Manöver steckte, war so simpel wie genial: Die Demonstration unserer unbedingten Entschlossenheit, insbesondere das diesem Schachzug innewohnende Überraschungsmoment, sollte den Flachpfeifen von der Killer-Crew ein für alle Mal klarmachen, dass sie bei uns ab sofort auf Granit beißen würden – die gute, alte Abschreckungsstrategie eben.

Dariusz, der – ein halbes Dutzend seiner Speichellecker im Schlepp – ohnehin schon auf dem Weg zu uns gewesen war, um aus unserer Mitte die Punchingbälle des Tages auszuwählen, wirkte tatsächlich nicht wenig irritiert. Allerdings nur für den Bruchteil einer Sekunde. Dann entstieg seiner Kehle ein Lachen, ein langanhaltendes, schallendes Lachen, so ehrlich wie Artilleriefeuer.

Nachdem er sich endlich wieder eingekriegt hatte, sagte er nur einen Satz, wobei ihm das Kunststück gelang, jedwede Betonung zu vermeiden: »So, und nun schneide ich euch arschgefickten Behindis eure kleinen Pimmelchen ab, stecke sie in eure dreckigen Hurenmäuler und stelle eure Fressen auf YouTube.«

Ich sah mich um. Mit den *arschgefickten Behindis* waren wohl Konrad, Philip und ich gemeint, denn vom Rest unserer Streitmacht war nichts mehr zu sehen. Das war bitter. Nun aber nicht mehr zu ändern. Wie es auch keine Option mehr darstellte, selber zu fliehen. Stattdessen konnte es nur noch darum gehen, sich in das, was uns erwartete, möglichst würdevoll zu fügen. In meinem Fall hieß das, sich mit fest zusammengekniffenen Augen darauf zu konzentrieren, sich nicht schon *vor* der ersten Kopfnuss in die Hose zu pissen.

Seltsamerweise blieben Kopfnüsse, Ohrfeigen oder Faustschläge jedoch aus. Stattdessen erhob sich urplötzlich ein höllengleiches Getöse, eine wahre Kakophonie aus Motorenlärm, kreischenden Bremsen und zerreißendem Blech, gefolgt von einem kurzen, aber heftigen Rumpeln, an das sich wiederum ein Chor erbarmungswürdiger Schreie anschloss.

Instinktiv hatte ich mich schon beim ersten Laut auf den Boden fallen lassen und die Augen noch fester geschlossen. Als ich sie nun wieder öffnete, sah sich mein Gehirn vor die Herausforderung gestellt, die bizarre Information zu verarbeiten, dass sich dort, wo Dariusz und seine Schergen gerade noch gestanden hatten, ein in Staub gehüllter Backsteinhaufen befand.

Wie sich später herausstellte, hatte Herr Jagoda, unser Hausmeister, sich von dem entstehenden Handgemenge für einen Moment ablenken lassen und die Düse seiner gerade im Einsatz befindlichen Unkrautvernichtungsspritze aus Versehen auf einen unter dem Vordach der Aula schlafenden Habicht gerichtet. Der war daraufhin benebelt aufgestiegen, keine achtzig Meter weiter aber endgültig vom Herbizid besiegt worden und auf die Windschutzscheibe eines DHL-Transporters geknallt. Dessen Fahrer wiederum war auf eine derartige Begegnung verständlicherweise nicht vorbereitet, verwechselte kurzfristig Gas und Bremse und krachte, da ihm zusätzlich die Sicht genommen war, mit mehr als hundert Sachen in die drei Meter hohe Mauer, die unseren Schulhof von der Außenwelt trennte.

Die Folgen dieses Unglücks waren verheerend: zwei Mittelschwer-, vier Schwerverletzte – samt und sonders Mitglieder der Monster-Mafia-Killer-Crew –, von denen es Dariusz, der noch heute in einer Klinik für Langzeitpatienten liegt, am heftigsten erwischt hatte. Philip, Konrad und ich kamen, wie auch der DHL-Knecht, mit dem Schrecken davon. Wir hatten ganz einfach den einen, den *entscheidenden* Zentimeter Abstand zum Einschlag der Schicksalsfaust gehabt. Dennoch war die Merkel-Jugend – so viel Pietät musste sein – ab diesem Tag natürlich Geschichte.

Ihr Name allerdings ruft in unserer kleinen Gemeinde noch heute Angst und Schrecken hervor. Und wenn Philip, Konrad und ich alle paar Monate mal in unsere Blazer schlüpfen (natürlich in privater Runde), dann verspüren wir ihn noch genauso deutlich wie am ersten Tag: den prickelnden Schauer der Macht.

Ella Stein

Festival 2.0
Eigentlich
nur ein wurm
Die gute Tat

Festival 2.0

Musik in den Ohren, ich liege scheinbar auf der Tanzfläche, die Masse pogt wohl um mich herum, über mich hinweg und im Takt der Musik bekomme ich Stiefel an den Kopf. Autsch. Bäm bäm bäm bäm-bämeräm. Hee, könnt ihr nicht besser aufpassen. Außerdem riecht es nach Kotze und Bier. Natürlich kriechen auch noch weitere Gerüche in die Nase, aber das Gehirn ist so klug, diese noch nicht mal annähernd genauer zu sortieren oder gar zu analysieren. Bäm – noch ein Tritt. Warum ist es eigentlich so dunkel? Oh. Ich habe die Augen zu. Nur langsam finden sich in der pogenden Masse umherschwirrender Gehirnzellen die einzelnen Sinne wieder zusammen. Aua. Das Schmerzzentrum wirft eine erstaunliche Feststellung in den Raum. Es sind keine Tritte von außen gegen den Kopf, sondern von innen. Kopfschmerzen, Richterskala ganz oben, irgendwo drüber. Dazu sogenannte Gliederschmerzen. Also doch keine pogende Meute. Nur ich. Der Geschmackssinn kann den Mund derzeit nicht von dem Ausguss einer Schnapsbrennerei unterscheiden. Der Mund selber enthält sich voller Ekel. Er ist zugeklebt und möchte nichts sagen. Die Nase fühlt sich an, als hätte jemand die Schleifscheibe meiner Flex hineingestopft, bei laufendem Motor. Die Augen sind noch zu feige sich zu öffnen. Das Großhirn, noch zu betrunken um Befehle zu geben, schläft sich lieber noch ein wenig aus. Doch das Kleinhirn rebelliert. Gleichzeitig verlangt die Kehle die Feuerwehr. Oder einen Wasserfall. Mindestens. Brand! Seufz, also vorsichtig blinzeln. Kurz auf, schnell zu. Es ist Tag. Oder es ist ein heller Raum. Aua. Die Ohren melden Musik. Livemusik. Oder eine sehr laute Liveplatte. Das Erinnerungsvermögen wirft etwas zum Brainstorming hinzu. Festival. Zumindest war dies das Ziel einer langen Odyssee gewesen, vermutlich ist man inzwischen dort. Augen auf. Der Himmel ist grün. Scheiße, hab ich doch wieder nicht nein sagen können? Der Boden ist dunkelblau. Es ist leicht dämmerig. Und unendlich heiß. Kein Trip. Ein Zelt. Das ist gut. Ich mag Zelte. Obwohl ich Zelten nicht mag. Bevorzuge Laster. Stopp – Zelt hatte ich nicht mit. Wessen Zelt ist das? Egal, der Tastsinn bestärkt die Vermutung: komplett angezogen. Mit Stiefeln. Gut. Ich erblicke zwei fremde Stiefel, Hosen, Beine überkreuz, zwei tätowierte Hände, die gerade eine Kippe zusammenwursteln. Zumindest versuchen sie es. Eine Stimme sagt freundlich: »Nä dü. Ausgeschlafen?« Ich knurre ein *Morgen* mit dem was wohl mal meine Stimme war.

In seinen Händen hüpft der Tabak vom Paper. Zittrige Finger heben die Krümel mit Pinzettengriff auf und legen sie auf das hin- und herhuschende Blättchen zurück. Ein Teufelskreis, wie mir scheint. Zahlreiche Tabakbrösel auf Stiefeln und Hosenstoff sind schon ausgeschieden aus dem Ringelreihen. »Ich dreh mal durch«, meine ich und nehm den Tabakbeutel. Wesentlich geschickter stelle ich mich zwar auch nicht an, aber das Ergebnis ist rauchbar. Ich wusste, dass das jetzt von ihm kommt: »Macht nix, Hauptsache es qualmt.« Autsch. Mein Gegenüber scheint ein redseliger Geselle zu sein, zumindest redet er mehr, als ich verstehen kann. Oha, in der Ecke liegt 'ne Wasserflasche, noch ungeöffnet. Mit einer (wie ich mich selbst einschätze) erklärenden, höflichen, doch dringlichen Geste und Fingerzeig auf meinen Schlund schnappe ich mir die Flasche, setze an und leere sie. Könnte auch am Dialekt liegen, dass ich nicht ganz mitbekomme, was er blubbert. Ich unterbreche seinen Monolog mit: »Wie meinsten das, wenn de sagst, ich kann ja doch nett sein?« Er schaut mich verwirrt an: »Filmriss, wa?« Oha, da ist jemand in annähernd ebenso klugem Modus wie ich. »Nein, mein Gedächtnis hat bloß Löcher.« »Na, dann weeste gar nicht mehr, dass du diesem Typen auf die Fresse gegeben hast, der ist voll umgekippt, wie'n Brett.« Oh weia, das hört sich nach Schnaps an, denke ich, beschämt entgegne ich möglichst pampig: »Na, wird er wohl verdient haben, der Arsch.« Nun schaut der Zitteraal noch verwirrter: »Was, nee, dit is'n ganz ein lieber Kerl, zwar riesig, aber fromm wie ein Lamm.« Och nee, wir sind im Tal der Redewendungen. Ich wühle in meinem Hirn herum, aber es erhellt sich nix, hab wohl mal wieder Mist gebaut. Also erwidere ich noch pampiger: »Na ja, so dumm wie der mir kam.« »Aber er wollte dir doch nur keine Kippe drehen.« Verflixt, hm, das hört sich nich' nur nach 'nem Schnapsglas an, sondern nach der ganzen Flasche. »Oh«, entfleucht es mir. »Na, und dann haste mich gefragt, ob ich 'n Zelt habe und gesagt, dass du dich da jetzt reinlegst und wenn ich dich anfasse, gibt's was aufs Maul«. Soso. Kein Wunder, dass ich Single bin. Kurze Abspeicherung auf'm Desktop. Wer ficken will, muss freundlich sein. Ich bedanke mich fürs Wasser, den Tabak, den Pennplatz und die Auskunft und verlasse die Plastiksauna. Aus dem Mückennetzreißverschlusskokon gewunden, krabble ich ein, zwei Meter über den scherbigen Acker zur nächsten Feuerstelle. Ein dürrer Typ mit Dreadlocks wie Tingeltangel und mit nichts bekleidet als einer portugiesischen Flagge um die definitiv viel zu schmalen Hüften sammelt eifrig Material, das sich verbrennen lässt und schmeißt es in die kurzen Flammen. Schön bunt lodern die. Er bewegt sich fort wie ein Menschenaffe auf Speed, abgestützt auf Füßen und Händen. Sobald er ein kleines Stückchen Plastik, Pappe, Schaumstoff oder ähnliches findet, grinst er wie ein Honigkuchenpferdchen und wirft es beglückt mit einer weibischen Geste in sein Feuertöpfchen, keine Feuertonne, sondern eine Radfelge? Hm. Während ich so ganz in meine Beobachtungen versunken bin, bemerke ich eine hübsche Lady mit perfektem Make-up und Outfit, die elegant aus einem Zelt klettert. Fuck, die könnte Werbung für Drei Wetter Taft machen: Drei Uhr, zweiter Festivaltag, der Iro steht. Oder so ähnlich. Die grünhaarige Schickse stolziert im Mini auf ihren Monsterabsätzen davon. Ich schreibe im Geiste schon den Drehbuchentwurf für eine Punkrockhaarlackwerbung, da wuchtet sich stöhnend ein riesiger Typ aus demselben Einmann-Wurfzelt. Wie hat der da bloß reingepasst? Und sie noch dazu? Ich bekomme Platzangst bei der Vorstellung. Ächzend lässt sich der Hüne neben mir nieder: »Haste mal Tabak?« Die Erde bebt noch ein wenig nach, meinem Magen gefällt das gar nicht. »Kannst mitrauchen.« Ich halte ihm meine Kippe hin. Seine riesige Knollnase ist ganz blutverkrustet. Ebenso sein Bart. Der Arme. »Was'n dir passiert? Hab gehört, gestern waren Faschos unterwegs? War'n die das?« Er tut mir ernsthaft leid, man fährt doch nicht auf ein Festival, um sich verprügeln zu lassen, also wirklich. »Nee, dachte ich auch erst, aber meine Frau meinte eben, da hätt' mir so'ne Göre eine reingezimmert, weil ich ihr keine Kippe geben wollt'.« Krass, denke ich, was für Wichser hier rumlaufen. Ich bin empört. Und schockiert. Wo ist denn eigentlich mein Rudel? Ob es denen gut geht? Die sind ja auch so Kandidaten, hundert Näpfe und sie latschen in den einen fettigen. Man muss immer auf die beiden aufpassen. Nee, nee. Dabei sind sie noch paranoider als ich. Ich wollte ja noch nach dem Festival so ein wenig Urlaub hier in der Kante machen, am Meer. Aber meine Gefährten spackten gleich so panikmäßig rum. »Nee«, riefen sie, wild mit den Armen fuchtelnd, »hier gibt's so krass viele Faschos. Die machen uns platt, die bremsen uns aus, hau'n uns aufs Maul, zünden unser Auto an und machen sich mit unsrem

Alk und Geld aus'm Staub.« Spinner, die. Ich entgegnete ihnen, dass wir ein ganz unauffälliges Auto hätten, und vom Alk und Geld spätestens am Ende des Festivals ohnehin nichts mehr übrig sei. Sie gestikulierten weiter in ihrem Angstfilm: »Ja sicher, und wenn wir an so'nen Strand kommen, wo so'ne Faschoparty tobt, und wir steigen aus, dann sind wir tot, und unser Auto brennt, alles Pyromanen hier!« Um ihren Aussagen Nachdruck zu verleihen, fügten sie nach jedem Satz ein lautstarkes »ey« ein. Oder weil sie das punkig fanden, ey. »Also ihr seid doch echt paranoide Panikmacher, wir haben voll das normale Auto von deiner Ma, und so wie ihr ausseht, hält uns in dem Twingo eh jeder für Studentenärsche oder so. Du kämmst dir deinen Iro runter und wäschst die Faschingfarbe raus, so wie wenn du nach Hause gehst. Und ja, du stülpst über deine Glatze einfach 'ne Kappe, dann sieht keiner das Tattoo.« (Er hatte sich kürzlich auf eine Kopfseite ein Anarchiezeichen und auf die andere Seite ein »Oi« tätowieren lassen.) »Oder machst Make-up drüber und dann halten die dich für ihresgleichen.« Ich wurde langsam echt sauer auf diese Miesmacher. »Ich will ans Meer. Mit dem ganz normalen Mama-Autole und dem normalen Aussehen fallen wir gar nicht auf.« Sie schauten mich entgeistert an. »WAS? Was jetzt schon wieder? Schaut mich nicht so an, als würde ich den ganzen Tag nur Müll labern!« Sie schüttelten synchron den Kopf: »Wir haben alle überhaupt keine normalen Klamotten mehr. Und Mann, Alte, wann hast DU denn das letzte Mal in den Spiegel geschaut?« Oh. Hm. Da hatten sie wohl recht. Bunte Haare, Piercings, kaputte Klamotten, hatte ich ganz vergessen. Okay. Na gut, fahren wir an die Nordsee. Egal, mal nach den Jungs schauen, die machten sich bestimmt schon Sorgen um mich. Keine Ahnung, warum die sich immer ängstigten um mich, pah. Ich hielt Ausschau nach unserer Fahne. Kurz nach unserer Ankunft gestern haben sich die Jungs nämlich erst mal geschlagene vier Stunden damit beschäftigt, einen Fahnenmast zu bauen, damit wir immer unser Auto und Zelt finden würden. Als Baumaterial verwendeten sie Zeltstangen, die sie mit Gaffaband aneinander bastelten, stolze fünf Meter war die Zeltstangenmastfabrikation bestimmt lang, und weil die Jungs so klug sind, nahmen sie natürlich nicht die Stangen von unserem Zelt, sondern die des Nachbarrudels. Kluge Freunde hab ich. Leider waren unsere Nachbarn aus unerfindlichen Gründen weder freundlich noch gesprächig uns gegenüber.

Oben an den Mast kam eine Boxershorts, B. weigerte sich zuerst, sie als Fahne preiszugeben, ihm wäre die Bremsspur peinlich. So eine Pussy. T. meinte, er hätte noch 'ne Spraydose mit blauem Autolack, damit könne man die Bremsspur abdecken. Gesagt, getan und bald flatterte die nun gar nicht mehr labberige Shorts im ostdeutschen Wind. T. hatte die grandiose Idee, auf den Twingo von B. ein großes Anti-Nazi-Symbol zu malen, damit niemand auf dumme Ideen kommt. »Was denn für dumme Ideen?« »Na, is' doch bekannt, dass so normale Mama-Autos gerne von so Oberdeppenpunks angezündet werden. Wenn das Auto jetzt angesprüht ist, kommt keiner auf die Idee, dass das Auto samt Fahrer uncool sein könnte und niemand zündet es an.« B. war weniger begeistert. »Alta, meine Ma wird mir den Arsch aufreißen, sie wird mich rauswerfen. Sie verkraftet doch noch nicht mal mein Nietenhalsband.« Doch T. war der geborene Rhetoriker: »Ja und wenn du deiner lieben Frau Mama beichten musst, dass ihr geliebter Stadtflitzer angezündet wurde, dann verkraftet sie das? Du würdest ihr doch einen Gefallen tun, und wenn es ihr nicht gefällt, dann bekommt man das Ganze mit Nitroverdünnung oder Spiritus wieder ab! Hab auch reichlich Grillanzünder dabei, damit geht das bestimmt auch!« »Hm, echt wahr? Na ja, okay, du hast recht.« B. schien überzeugt. »Hee, ich mach das, ich kann das«, drängelte ich mich an die Motorhaube. Nach kurzer Abstimmung darüber, wie rum denn nun die Haken eines Hakenkreuzes zeigen, legte ich los. Na also, kaum läppische fünf Minuten später prangte ein riesiges blaues Hakenkreuz samt fast kreisrundem Kreis auf der Motorhaube des roten Kleinwagens. Nun nur noch durchstreichen, möglichst fett. Na, aber was war das? Nach nur circa fünf Zentimetern Durchstrich kam aus dem Sprühkopf nur noch ein leises pffft. Ein leichter Luftausstoß. Ohne Farbe. »Oh, oh! Du, ähm, ich glaub, die ist leer.« »Waaaas?« Der Schrei von B. und der dazugehörige Gesichtsausdruck samt Gebärde erinnerten mich stark an ein bekanntes Gemälde. Hektisch sprang er umher und schüttelte dabei die Dose, klick, klick, klick, aber außer einem hauchfeinen Pünktchennebel gab die Dose nichts mehr preis. Die Arie von Schimpfwörtern war faszinierend, ich war begeistert. Schade, dass ich nichts zu Schreiben dabei hatte. Noch während ich versuchte mir die kreativsten der unflätigen Ausdrücke zu merken, wurden meine geistigen Bemühungen rechts von einem Blitzgedanken überholt. Fuck, die Tirade galt mir. Oh-oh, tabbi-tabbi, winke-winke? Ich schaute ihn reumütig mit den hundigsten Hundeaugen an. Dass so was auch immer mir passieren muss! »Ich such noch Farbe okay? Das wird noch, und derweil decken wir das ab.« »Abdecken? Mit was denn?«, schrie es mir entgegen. Als Comicfigur hätte ich nun 'ne Föhnfrisur gehabt. »Ich breite meine Penntüte drüber aus, okay?« »Und wenn dein scheiß Schlafsack runterrutscht? Oder wegweht?« Hm, ach wäre ich nur Vicky, der kleine Wikinger, aber ich bin allein mit den wilden Männern. »Ich stell den Bierkasten drauf, also auf den Schlafsack dann. Der ist voll und daher schwer. Da rutscht nix drunter weg. Und bis der leer ist, bin ich mit Farbe zurück, wirst sehen. Ihr bleibt hier und passt auf das Bier auf.« Puh, dieser Plan schien zu überzeugen, und so setzten wir ihn in die Tat um, also zumindest den Teil mit dem Sack und dem Kasten. Weil wir alle die Zahnbürsten vergessen hatten, begannen wir den Tag nun mit Pfeffi. Pfefferminzlikör und Zähneputzen ist zwar nicht dasselbe, aber der geschmackliche Effekt der gleiche. Erst die Morgentoilette, dann die Arbeit. So der Trinkspruch. Als die Flasche fast leer war, hörten wir aus Bühnenrichtung Bruchstücke von Mucke, die sich schwer nach unserer Lieblingsband anhörten. Zeit aufzubrechen. B. versicherte sich nochmal, dass die volle-Kasten-Schlafsack-Konstruktion auf der Motorhaube hielt und kurze Zeit später verloren wir uns schon im Getümmel. Glaube, ich hab die Jungs nochmal beim Pogen kontaktiert, und wir verabredeten, wer zuerst

'ne Schnalle abschleppt, darf das Zelt benutzen. Nummer zwei muss das Auto nehmen und der dritte und letzte Mensch, der sich eine aufreißt, muss auswärts logieren. Klang fair. Hm.
Während ich auf unsere weithin sichtbare Flagge zusteuerte, Zelte, Müllberge und Halbleichen umgehend, überlegte ich fieberhaft, ob ich es wohl gestern noch geschafft hatte, mein Kunstwerk Motorhaube zu vollenden, wer wohl im Zelt geschlafen hatte und ob wir uns nochmal gesehen hatten. Mein Gedächtnis war kein Sieb sondern ein Flutschköppi. Alles durch und weg. Hey, die Jungs schienen schon zu grillen, das machten sie meistens, sobald sie fit waren. Ließen wohl mal wieder alles anbrennen, dunkler Rauch stieg neben der Flagge auf, so viel konnte ich über die andren Zelte, Campingbusse und Autos hinweg erkennen. Waren auch nur noch vierzig Meter. »Woah, wie das nach verschmortem Gummi und Plaste bis hierher stinkt, pfui.« Hoffentlich waren die Deppen nicht auf die Idee gekommen, irgend'n Zelt anzuzünden. So was ist voll daneben. »Oh, sie haben mich schon erkannt, sie winken mir schon, rennen auf mich zu, ham sich glaub selten so gefreut mich zu sehen.«

Eigentlich

Eigentlich wollt ich ja noch einen Text schreiben. Bevor ich wegfahre.

Na toll, da geht's schon los.

»Eigentlich«, würde jetzt mein verhasster Deutschlehrer hämisch grinsend durch das Klassenzimmer spotten, »*eigentlich* schwanger gibt's nicht.«

Zum Glück bin ich nicht mehr an der Schule. Pah. Also: Ich hatte ja wirklich fest vor noch einen Text zu schreiben, BEVOR ich wegfahre. Aber ich wusste nicht, über was. Tagelang fiel mir nix Gescheites ein. Kürzlich traf ich einen Bekannten in der Kneipe, einen Schriftsteller, hoffte, dass ein kreativer Funken überspringen würde. »Na Markus, trägst du immer noch auf Poetry Slams deine Slam Poetry vor?« Ich erfuhr, dass Poetry Slams doch tooootal out seien, Diary Slams wären angesagt.

»Wie? Berichtest du da vom täglichen Schlamm aus der Gosse?«

»So ähnlich. Man liest fiktive oder reale Tagebucheinträge vor.«

Na toll, das war nicht der erhoffte Funke für mein Feuerchen. Dafür verliefen die meisten meiner Tage zu unspektakulär.

»Liebes Tagebuch, heute bin ich wieder aufgewacht, hatte dann die Wahl zwischen Schnorren und Schwarzarbeit, von früh bis spät habe ich mir große Mühe gegeben, dicht zu bleiben beziehungsweise dicht zu werden. Leider habe ich mir mal wieder den Hals verrenkt beim fortwährenden Kopfschütteln über unglaubliche Zeitgenossen und dummes Geblubbere im Bekanntenkreis. Dazu mein Muskelkater im Bauch vom Lachen in geselliger Runde. Es ist früh am Morgen und ich fange mal wieder zu spät an ein Bett zu suchen. Gute Nacht.«

Gelegentlich gibt es besondere Tage, aber die sind dann schon wieder so unglaublich komisch oder verrückt, dass ohnehin jeder denken würde, ich hätte mir alles nur ausgedacht. Einmal probiert. Glaubte keiner. Verflixt. Habe ich nur Dreads, weil ich mir so oft die Haare raufe?

Oder auch diese Alles-geht-schief-Tage. Ewig läuft alles gut, und dann, an einem Tag, beschließen alle bösartigen Zufälle heute bei dir ihr Monatsplenum abzuhalten. Schon morgens stolpert man vom Bett, prellt sich den kleinen Zeh beim Verhaken an der Teppichkante, stößt sich den Kopf am Ofenrohr, verbrennt sich dabei noch an diesem, den letzten Kaffee verschüttet übers restliche Hundefutter, der Haarschneider gibt nach halbem Irokesenschnitt den Geist auf, man vergisst das Loch im Jackenfutter und steht an der vollen Kasse mit leeren Taschen, findet den

Fahrradschlüssel nicht, wird beim Schwarzfahren in der Bahn erwischt, verliert die Hundeleine, bekommt ein Knöllchen wegen nicht angeleintem Hund, die Kumpanen laden einen zum Frustsuff ein und vergessen einen in der letzten Bahn aufzuwecken, und wenn man dann an der Endstation benommen den Waggon verlässt, tritt einem der Schaffner noch auf die Hände. Aus Versehen. Den Fahrschein bitte.

Nein lieber täglicher Schlamm, heute nicht.

Oder diese Fettnapftage. Wennschon, dennschon. Schnell noch auf der Fahrt zum Flohmarkt tanken. Die olle Kassiererin scheint neu zu sein und rafft rein gar nichts, findet den gewünschten Tabak nicht, kommt mit der Kasse nicht klar undsoweiterundsofort, sie ist ganz niedlich, und so tröste ich sie: »Ach, mach dir nix draus, die ersten Arbeitstage erscheinen immer überfordernd.«

»ICH ARBEITE HIER SCHON SEIT ÜBER ZWEI JAHREN! FRECHE GÖRE!«, bekomme ich samt meinem Wechselgeld zugeworfen.

Am aufgebauten Flohmarktstand versuche ich mich als Marktschreier: »Hee, schöne, junge Frau, hier der Lederrock würde dir total gut stehen. Kannst auch in meinem Bus anprobieren.«

Oha, das schien sie mißzuverstehen.

»Ähm, oder die schönen Martens hier? Ist bestimmt deine Schuhgröße!«

»ICH BIN VEGANER!«, faucht die bunte Pumphose und schwingt davon.

Pah, die Nächste.

»Hee, Lady, ich hab hier noch total süße Babyklamotten, auch in ganz kleinen Größen!«

»WAS, WIESO?«

»Oh, hm, sorry, dachte du wärst schwanger.«

Okay, die Tonne kauft wohl nix bei mir. Aber jetzt, zwei Kinder stöbern in meiner Bücherkiste. »Hey, gefallen euch die Bücher? Fragt doch mal eure Omi, ob sie euch die ausgibt.« Ich zeige auf ihre grauhaarige, altmodisch gekleidete Begleitung.

»DAS IST UNSRE MAMA!«

Tragischer Rekord, drei Leute gefettnapft mit einer Aussage.

Und dann denken immer alle, ich sei bösartig. Ab und an dämmert mir, warum ich angeblich keine Haare auf den Zähnen habe, sondern Borsten. Ich beschließe für den restlichen Tag ein Schweigegelübde abzulegen. Nix verkauft.

Wenigstens wird mir aus Mitleid die Standmiete erlassen.

Pah, also kein Diary Slam-Text.

Dabei war's so ein zerfuselter Tag.

Die Sonne kitzelt mich wach. Das Tageslicht fällt in einer orange leuchtenden Bahn durch das Fenster aufs Bett, kleine Staubpartikel glitzern und tanzen darin. Die Satinlaken reflektieren die Morgensonne und schmiegen sich dabei um zwei wunderschöne miteinander verschmolzene Körper. Die Sonne kitzelt an den geschlossenen Lidern und räkelnd kommt das vor Liebe trunkene Paar zu sich.

Von wegen! Die Sonne nervt, scheiß gelbe Sau, sie brennt unerbittlich durch die Lider, diese lassen sich nicht ganz verschließen, die Augäpfel sind zu arg geschwollen. Hinterlistig nutzt das Tageslicht den schmalen Spalt zum Kitzeln und Pieken. Furchtbar.

Also wegdrehen, zur Wand. Mit Mühe gelingt das. Nun fällt durchs Guckloch, beziehungsweise die

Guckritze der Anblick auf rote Raufaser. Hm, ich habe keine rote Wand, ich kenne auch keinen mit roter Wand, dunkelrot, ochsenblutrot. Während mein Schlafdefizit zur Ignoranz rät, treibt die Neugier ein Augenlid ein Stück weiter auf.

Ja und nun?

Wand immer noch rot, vom Bett bis zur Decke, ringsherum, weiter kann ich nicht blicken. Rote Wand; erkannt von müdem Auge in matschigem Kopf auf noch schlafendem Hals.

Also vergiss es, liebe Neugier, wir schlafen noch 'ne Runde. 'ne Wand halt. Außerdem ist das Bett schön weich und bequem, das Kissen herrlich gemütlich, und es riecht halbwegs frisch gewaschen, wenn auch unbekannt.

Mist, ich hasse meine Neugier. Zumal nun die Schnarchgeräusche von zwei verschiedenen Wesen an meinen Ohren klingeln. Ding-dong, jemand zu Hause? Ein Ohr öffnet, das andere horcht weiter an der Matratze.

Das eine Schnarchen kommt zweifelsohne von meinem Hund. Schön. Das andere Schnarchgeräusch vermag ich nicht zu erkennen. Obwohl ich sonst zuverlässig nahezu alle Mitglieder meines Freundeskreises am Schlafgrunzrhythmus identifizieren kann. Mal beide Ohren zu Hilfe nehmen, verfluchte Neugier. Kopfdrehen, möglichst sachte, denn ruckartige Bewegungen verursachen in solchen Zuständen erfahrungsgemäß Schmerzen. Ich erblicke eine mit Postern und Tüchern behängte Decke. Da auch beide Lauscher mit vereinten Kräften keine Neuigkeiten nach innen tragen, wandert mein Sichtfeld gen Geräuschquelle. Mensch, kein Hund. Sieht ganz hübsch aus. Also der Kopf, der Rest ist schulterabwärts Bettdecke. Eine andere als meine. Auch gut. Parallel dazu checkt mein zu Multitasking fähiges Gehirn mit Hilfe meiner Hände meinen Körperhüllenzustand. Shirt an, Shorts an. Hose und Stiefel aus. Ist okay. Im Bauch das Gefühl, es wäre ein ganz angenehmer Zeitraum vor dem Erwachen gewesen. Doch nun mischt sich auch noch die Blase ins Gespräch mit ein. Jaja, ich geh dich leeren. Vorher nur noch mal sehen, ob ich kombinieren kann, wo ich bin. Ich wanke ans Fenster. Okay, gut, Straße bekannt, Innenstadt, alles easy. Während ich zur Tür schleiche, wird im Duett weitergeschnarcht. Schlafende Lebewesen sind immer besonders possierlich. Vorsichtig aus der Tür lugen, sieht nach Wohngemeinschaft aus, wohl überwiegend von als männlich zu identifizierenden Lebewesen behaust. Eine halboffene Tür gibt den Blick auf hellblaue Kacheln frei. Oh, bestimmt der Abort. Schnell. Pinkeln. Schwankend erheben, zum Waschbecken kippen. Wasser auf Gesicht und Hände, vom Kran auch in den Mund. Tunlichst Augenkontakt mit dem Spiegel meiden. Nun gilt es die richtige Zimmertür wiederzufinden, das Schnarchen erleichtert mir Brotkrumen gleich die Suche. Gretel ohne Hans. An der Zimmertür klebt eine Notiz, mit Edding auf eine Mahnung geschrieben, Strom. Mit krakeliger Handschrift steht da: »Hey Thilo, hab aus Versehen deinen Wodka gesoffen, besorge nachher neuen, Flo.« Befestigt ist die Botschaft mit schwarzem Gaffaband. Ich schlüpfe durch die Tür, durchs Zimmer, in meine Hosen und Stiefel.

So wie es meine Art ist, komme ich dabei natürlich ins Straucheln und kippe lautstark um. Fieser Krach.

»Na, schon wach?«, tönt es vom Bett. »Oh, äh, ja. Morgen Thilo. Na, alles fit?« »Dass du noch weißt, wie ich heiße, wundert mich jetzt echt.«

Was?! Denkt der Typ etwa, ich wäre besoffen gewesen? Ich bemühe mich empört dreinzublicken. Das halte ich etwa eine Schnürsenkelbindelänge durch, lügen war noch nie meine Stärke. »Nee du, es steht an deiner Tür.«

»Ach stimmt, mein Wodka, seufz. Na ja, dein Korn hat's auch getan.«

Ich versuche vergeblich die schwarzen Löcher in meinem Kurzzeitgedächtnis mit Erinnerungen zu füllen. Ob ich wohl mit dem Kerl ...

»War echt 'n witziger Abend gestern, coole Sauftor, schade, dass wir zu besoffen waren zum Ficken«, meint Thilo.

Okay, prima, aber ich werde ihm doch nicht aus Versehen Hoffnungen gemacht haben.

»Ach, vielleicht war's besser so, scheinst ja noch ganz schön Liebeskummer zu haben wegen deiner Ex. Nicht, dass du's bereut hättest ...«

Oh Mann, ich hab mich mal wieder bei Gott und seiner Welt ausgekotzt ... Fuck, woher hab ich die ganzen blauen Flecken? War ich mal wieder in so 'ne unsinnige Schlägerei verwickelt? Mein langsames Hirn registriert, dass mein Gastgeber seinen Monolog noch nicht beendet hat.

»... und das mit dem Fahrradklau war auch bös witzig. Schade, dass wir beide zu besoffen waren zum fahren, die Räder liegen wohl immer noch neben der Treppe.«

Okay, das erklärt den Rest. Hey, da sind meine Autoschlüssel! Vielleicht weiß er ja, wo mein Auto ...

»Hoffe, du findest deinen Camper wieder. Gestern warst du dir nicht mehr so sicher, wo du ihn geparkt hast.«

Verflucht, bin ich bei 'nem Hellseher gelandet? Ich verkürze seine Redezeit.

»Hey du, war echt schön dich kennenzulernen, ich muss leider los und so ...«

»Kaffee?«, fragt er.

»Nein danke, bekomme jetzt nichts runter.«

Er: »Prima, dann muss ich nicht aufstehen.«

Einen Kuss auf seinen Mund, den Atem darf er für sich behalten. Bis dann mal.

Ich wecke meinen Hund und bewege mich ungelenk verabschiedend Richtung Tür.

Flur, Wohnungstür, Treppenhaus, Luft.

Ein sogenannter Werktag, geschäftiges Treiben, Menschen, die mit viel zu hastigen Schritten ihren strebsamen Blicken hinterhereilen.

Ich sortiere Tascheninhalt und Gedanken und bewege mich Richtung Haltestelle. Hund trabt, ebenfalls schlaftrunken, hinter mir her, bleibt mal mehr zurück, mal weniger. Findet sich doch wunderlicherweise immer beim Überqueren von Straßen an meiner Seite. Das ist toll, ein Hund an der Seite, nie alleine unterwegs, man passt gegenseitig auf, immer jemand zum Reden. Und zum Schweigen, das ist ebenso wichtig. Der Hund, der treueste Gefährte des Menschen, wenn er nicht mal wieder Streunern ist. Haltestelle, noch vierzehn Minuten, verkünden die roten, digital geschalteten Zahlen auf der dunkelgrauen Anzeige, eine Ewigkeit in meinem Zustand. Die Bank ist besetzt, zwei Trullas, und eine alte Frau. Ich stelle mich neben sie, kraule meinen Hund, und rede beruhigend auf ihn ein: »Ach, armes Kerlchen, keine Angst, wir fahren zum Onkel Doktor, der gibt dir was gegen deine Krätze, dann juckt es dich nicht mehr so sehr. Vielleicht wirkt das Mittel ja auch gegen die Flöhe.« Um meiner Aussage Nachdruck zu verleihen, kratze ich mich wie beiläufig an Ellbeugen und Kniekehlen. Als ob mein treuer Gefährte ahnt, was ich will, fängt er sich wild an zu schubbern. Es funktioniert, die beiden Tussis hängen ihre Primark- und New Yorker-Tüten an ihre kunstvoll lackierten Fingerkrallen und trollen sich mit verzerrten Mundwinkeln. Herrlich! Sitzen tut gut.

In der S-Bahn sitzt es sich noch angenehmer. Ich folge der Vermutung, vorm Schwimmbad geparkt zu haben. Oder dort in der Nähe. Meistens brauche ich nicht mal eine Stunde, um meinen Bus wiederzufinden. Und wenn ich das geschafft habe, dann ab! Ich wollte doch schon längst unterwegs sein, eine Freundin besuchen. Sie feiert Geburtstag, glaube, die Party ist schon bald. Oder sie ist schon ein paar Tage vorbei. Oder fahre ich woanders hin? Man wird sehen. Auf jeden Fall wird es Zeit irgendwo anzukommen.

Bald schon findet die Vermutung mein geliebtes Vehikel. Mein Zuhause, mein Dach über dem Kopf, und meine Absicherung fürs Fitbleiben. These: Jeder braucht etwas, das ihn vom totalen Absturz fernhält. Jeder. Egal wie weit oben oder unten er auf der Leiter steht. Verliert der Herr Oberstudienrat Frau und Heim, wird er genauso ein paar Stufen runterpurzeln wie der Schlossergeselle, der beim Moped-Unfall sein Bein lässt. Haben sie kein Fangnetz, so trinken sie bald gemeinsam vorm Penny den gleichen roten Fusel aus derselben Tüte. Jeder braucht Halt und Netz.

Manche haben eine irgendwie funktionierende Ehe oder einen knebelnden Ehevertrag oder einen Hund oder ein Ehrenamt oder eine misstrauische Freundin oder eine glückliche Beziehung, manche wohnen noch bei Mama oder sammeln Telefonkarten oder verbringen mehr Zeit mit ihrem Beruf als mit ihrer eigenen Welt oder sie horten Freunde oder haben ein Helfersyndrom oder sie schlucken Pillen beim Tanzen, so hat jeder seine Methoden zur Flucht. Ich habe meinen Bus. Ich trinke nicht vorm Fahren, ab und zu währenddessen, aber dann nur Bier. Und danach sowieso, aber eben nicht davor. Mit Drogen halte ich es genauso. Und da ich in regelmäßigen Abständen mein Auto bewegen muss, sei es nun, weil mich Fernweh fortdrängt oder weil die Karre TÜV braucht, bin ich genötigt, regelmäßig abstinente Phasen einzulegen. Oder unregelmäßig. Das bewahrt zwar leider nicht meine Beziehungen, aber wahrt die Möglichkeit zum Weiterziehen. Ab und zu bringt es mich auch an den Rand der Verzweiflung, Letztens habe ich siebenunddreißig Tage lang meine Schlüssel gesucht. Musste immer ein Fenster auflassen zum Tür öffnen, konnte nicht wegfahren, konnte nicht wegbleiben, konnte weder absperren noch aufschließen, welch Frust. Schlüssel nachfertigen lassen anhand des Fahrzeugscheins? Der freundliche Mitarbeiter vom Bosch-Dienst lachte erfreut. Lachte mich erfreut aus. Der beschissene Mercedes-Mitarbeiter tat beflissen, und lachte erst, als ich – seiner Einschätzung nach – außer Hörweite war. Frustriert feierte ich ein paar Tage und Nächte. Kam wütend nach Hause und trat noch wütender erst außen gegen den Bus, dann innen gegen den Bus. Genau genommen gegen mein Bett, und ließ mich frustriert fallen. Das klirrend klingelnde Geräusch eines eben gefallenen Schlüsselbundes ließ mich – wie man so schön sagt – schlagartig nüchtern werden. Nein! Doch! Oh! Ich werde mich doch nicht am Tag bevor die Schlüsselsuche begann mit voller Montur hingelegt haben, und die mistigen Schlüssel haben sich dann aus der Hosentasche heraus durch die Polster der Liegefläche hindurch ihren Weg in die Freiheit gesucht. Die armen Liliputaner hingen dann scheinbar im Lattenrost fest. Unauffindbar. Na, dann habe ich wohl den Rest der Möbel umsonst abgebaut, sowohl Altpapierecke als auch Holzofen unnötig durchwühlt. Vergeblich zehnmal die Innenstadt durchsucht und die gesamten Mülleimer der Wagenburg auf den Kopf gestellt. Und hätte ich nicht Trainspotting geschaut, wäre ich wohl auch noch in die Aborte derselben getaucht. So weit hatte mich die verzweifelte Suche getrieben. Nun gut, die neu gekauften Türschlösser waren noch unausgepackt, doch die Umtauschfrist leider schon abgelaufen. War halt vor lauter Frust die letzten zwei Wochen nicht zum Einbau gekommen. Zum Glück, hätte mich jetzt ja geärgert. Faulheit siegt. Seitdem trage ich die Schlüssel immer an einer Kette. Um den Hals. Sid Vicious brachte mich auf die Idee. Nun denn! Fertigmachen zum Starten. Wenn Autofahren mit Sex verglichen werden könnte, dann wäre dies das Vorspiel. Habseligkeiten so verstauen, dass sie nicht durch die Gegend fliegen, Zerbrechliches besonders sichern. Schranktür zu. Motorhaube auf. Den Ölmessstab eintauchen, rausziehen, abstreichen, wieder hinein, wieder nach draußen. Das alte Reinrausspiel. Alles schön. Dasselbe vorsichtshalber beim Tank. Auch schön voll. Einmal nach unten legen, drunter durchrobben, alles gut hier? Scheiben putzen. Noch einmal mit der Fettpresse mit gleichmäßigem Druck die Fettnippel abschmieren, Luftdruck der Reifen prüfen. Kühlflüssigkeit kontrollieren, Licht checken. Funktioniert auch das Bremslicht? Rückfahrscheinwerfer? Die Liste ist ziemlich lang, ginge noch weiter ... macht doch keine Sau, das alles checken, pfft. Kurzer Blick in den Innenraum, ob irgendwas besonders Wertvolles zu Bruch gehen könnte. Oder verschüttet. Und solange sich die Ölpfütze unterm Motor mit jedem Ruhetag nur minimal vergrößert, nun dann muss ja noch Öl drin sein. Und nun springt er an. Oder nicht, denn was bringt das ganze Vorspiel, wenn er dann nicht kommt, der Motor? Er kommt. Schwarze Wolken puffen heraus. Ob ich mit Gaspedal und Auspuff Morsezeichen senden kann? Ein Cabriofahrer reckt die Faust empor. Wenn der nicht so husten würde, könnte ich verstehen, was er sagt, tsss. So, die Tankanzeige steht auf halbleer. Nein, natürlich halbvoll, heute ist ein guter Tag. Aber funktioniert eh nicht. Zum Glück weiß ich immer ganz genau, wie weit ich mit der Tankfüllung komme, auch noch Tage nach dem Tanken. Oder so. Eine Haftnotiz mit Kilometerstand vom letzten Tanken von soundsoviel Liter. Zumindest hatte das immer geholfen, bis ich irgendwann merken musste, dass der Kilometerzähler defekt war. Mitten in der Pampa. War zum Glück ganz nett dort.

Nun lege ich einfach die Tankquittungen aufs Armaturenbrett.

Davon kann ich ablesen, wann ich für wie viel Mark getankt habe.

Davon kann ich ableiten, wie viele Liter ich gezapft habe.

Durch Datum und Ort weiß ich, wie viele Kilometer ich zurückgelegt habe. Und davon kann ich wiederum ableiten, wie viele Kilometer ich noch zurücklegen kann.

Ich rechne so immer aus, wie viele Kilometer es zum Ziel sein werden, oder zur nächsten Tankstelle. Oder so. Zumindest hatte ich das so mal überlegt. Und verworfen. Ach, papperlapapp, ich war noch nie gut in Mathe.

Ich tanke, wenn ich Geld habe, und komme an, wenn ich Glück habe.

Ersteres passiert seltener, Letzteres fast immer.

Der Motor brummt, aus dem Kassettenrekorder, der im Fußraum steht, scheppert die Mucke, stets schneller und jünger als meine Karre. Mein Hund hat es sich auf dem Beifahrersitz gemütlich gemacht und streckt die Nase in den Wind.

Muss doch unglaublich sein, was so 'ne megakrassgute Hundenase bei so 'ner Fahrt pro Sekunde alles aufnimmt. Zack, zack, zack – Infos zu Hunden, Menschen, Kühen, Gefühlen, Wetter, muss voll flashen. Kein Wunder, dass er so selig schaut.

Die linke untere Ecke der Frontscheibe fängt an die Mittelstreifen der Fahrbahn zu schnappen und zu verschlingen, Autobahn.

Die Straße fließt unter mir dahin, ganz gemächlich. Wie ein dunkelgrauer, verseuchter Fluss im Industriegebiet. Tannenbäume und Fabrikschlote. Ein leichter Tinnitus vom Motorlärm. Der rechte Fuß wird zum Klotz, das linke Bein angewinkelt, der linke Arm am Ellenbogen schon rot, die rechte Hand hält Zigarette

und auch Lenkrad. Gelegentlich zieht ein Lastkraftwagen laut hupend an mir vorbei.
Alles Wichser.
Es dämmert, hinter mir noch alles hell, vor mir Abendlicht. Wie eine rote Wand, direkt vor mir. Und von vorne kitzelt mich die gelbe Sau. Schon wieder. Immer der untergehenden Sonne entgegen. Ich muss an Lucky Luke denken, den dürren Cowboy mit dem weißen Pferd, der so gut Tabak drehen konnte, bevor er zum Grashalmkauen verdonnert wurde. Und ich denke an den Text, den ich noch schreiben wollte. Eigentlich.

nur ein wurm

»realität ist eine illusion, die durch den mangel an alkohol hervorgerufen wird« mit schweren lidern und noch schwererem kopf wendet sie den blick ab, weg von dem spruch, der auf der vergilbten tafel gegenüber der klebrigen theke steht, nur mühsam hatte sie ihn lesen können, erst das eine auge zukneifen, hm, dann das andere, nein, stopp, nun sah sie ja gar nichts mehr, hm, hatte sie nun mit links angefangen oder mit rechts, egal, also, augen auf, wieder eins zu, ahh, nun wurden die buchstaben auf dem schild langsam klarer, durch zusammenfügen der buchstaben bildete sich ein wort, dann noch eins, sie probierte die wörter zu zählen, nach dem dritten (oder vierten?) versuch gab sie das vorhaben auf, man wollte ja den sinn erschließen, also komplett lesen, gar nicht so einfach bei so vielen wörtern, die reihenfolge und bedeutung im kopf zu behalten, und dann ja auch noch an der richtigen stelle im kopf, kurz (oder lang?) schweifen die gedanken ab, wo sitzt noch mal das sprachzentrum? sitzt daneben auch das lesezentrum im hirne? gibt es das überhaupt? eventuell sogar ein zentrum nur fürs wörteraneinanderreihen und verstehen? hach ja, da waren wir wieder beim thema »sinn verstehen«, durch intensives nachdenken glaubte sie nach einiger zeit es verstanden zu haben, tja, da war was dran, zumindest erschien ihr die gesamte situation hier sehr unrealistisch, oder illusionär? auf jeden fall unwirklich, wörter, wer sich den spruch wohl ausgedacht hat? mann oder frau? und wie alt? quartalssäufer oder gewohnheitstrinker? hmm, aber egal, da war was wahres dran, was war nun besser? realität oder illusion? illusionen können ja auch echt ätzend sein, man denke mal an 'nen horrortrip, aber die realität ja auch, richtig ätzend, sonst wäre sie ja jetzt nicht in dieser realistischen illusion, in dieser siffkneipe gelandet!

»willste noch was?« verwirrt blickte sie den mann hinter dem tresen an, jaja, unwirklich sah der schon aus, wie er da so stand, kariertes hemd, schnurrbart, rote augen, und noch rotere nase, sie sah hinab auf ihr glas, hm, das bier war wohl leer, noch eins, ach so, bitte, der spruch war wahr, man vergisst die realität beim besaufen, warum man sich besäuft, aber da war was, sonst würd' ich ja nicht in dieser schmierentheka sitzen und saufen, aber egal, ihr blick fiel auf die schnapsflaschen, hmm, joster gibt's hier wohl nicht, aber tequila, sogar mit wurm, wurmwurm, war ein wurm ein insekt? auf jeden fall wird eine made mal eins. mal fragen: »hey, ist das ein wurm oder eine made?« »wie, was willste?« »na da, in der flasche. wurm oder made?« »was für 'ne flasche?« »na da, der schnaps.« »ach so den tekilla. (seltsam sprach er das aus, fand sie) natürlich 'n wurm.« »ist das ein insekt?« »warum willst'n des wisssen? is' doch scheißegal.« »nee, das interessiert mich grad.« »is mir scheißegal. was soll's denn sonst sein? willste nu einen oder nicht?« »weiß noch nicht.«

also mal scharf nachdenken, konzentration, was gibt's denn alles, also insekten, säugetiere, vögel, fische, noch was? ah ja, diese andren, diese viecher, die eier legen und dann aus trotz säugen, oder säugen und aus trotz trotzdem eier legen, spart man sich ja auch den ganzen scheiß mit schwanger, gebären undsoweiter, also weiterdenken, ein wurm ist kein säugetier, kein fisch, kein vogel, also wohl ein insekt, prima, das passte doch gut, also, »hey, ich krieg 'nen tequila, aber nur wenn ich den wurm auch kriege.« »wie bist'n du drauf? macht dann fuffzig zent mehr.« (mein gott, wie der redet.)

kurz danach steht das glas vor ihr, sieht ja doch schon eklig aus, so'n wurm, kommt der da rein, wenn er lebt oder wenn er schon tot ist, hmm, was is'n, wenn der noch lebt, mal nippen, das glas war schon an den lippen, doch da fiel ihr was ein: »hey, wo is'n mein salz? und zitrone!« das gehört dazu, im preis inbegriffen, nur nippen geht ja nicht, entweder runter damit oder nicht, und dann hoffen, dass es drinbleibt, zumindest bis man – falls man kotzen muss – über becken oder schüssel ist, das fehlte noch, wenn ich in dieser säuferkneipe hier neben den tresen kotze, was, wenn der wurm noch lebt, dann lebt der in mir, iiehh, dann landet der erst in meinem mund, dann in der speiseröhre und dann in meinem bauch, da ist noch essen drin, der hat bestimmt hunger, wenn er so lange im glas liegt.

»ey, wie lange liegt'n so'n wurm in der flasche?« der wirt schaut sie an »du bist nit ganz dicht oder?« scheiß doch auf den, wie lange hält ein wurm ohne essen aus, wenn er konserviert ist? hmm, also, werd den wurm zwar mittrinken, aber in meinen bauch kommt der nicht, der isst dann meinen bauchinhalt, und viel isses ja nicht, 'n stücks schokoriegel, davon wird der ja nit satt, was zum beispiel so'ne raupe alles frisst, bis sie sich verpuppt, raupe nimmersatt, hatte man ja mal in der grundschule, fast 'nen ganzen baum, wenn so'n wurm auch so viel frisst, dann hat der nach dem schokoriegel noch hunger, und der riegel ist ja auch schon halb verdaut, und dann das bier im bauch, das regt dem wurm ja den appetit an, dann will der mehr, und dann bestimmt was herzhaftes, also, nee, der frisst mich dann auf, so wie diese andren würmer, wegen denen man die hunde entwurmt, die fressen sich vom darm in den bauch, und so'n darm ist ja schon ein verdammt langer weg, erst recht für so'nen wurm, und dann in den bauch, bis zur lunge, frisst die kaputt, und dann tot, zerstört, mausetot ist man dann (warum heißt das eigentlich MAUSEtot?), zerstört vom wurm, und merkt es noch nicht mal, also bis fast ganz zum schluss, also neenee, der wurm kommt nicht in meinen bauch, der zerstört dann, also in den mund, schnell aufs klo, und dann ausspucken, oder auf'n boden, wenn der wirt nicht schaut, ja, sowirdsgemacht, volltoll, plan im sack, böser wurm, du zerstörst mich nicht, neenee, wie er da im glas sitzt, also liegt vielmehr, nein, schwimmt, treibt, sinkt, schwebt in der flüssigkeit, scheißegal jetzt, er befindet sich auf jeden fall dort drin, böser wurm, du zerstörst mich nicht, hand ablecken, salz drauf, hm, vielleicht 'n wenig viel, egal, scheiß der hund drauf, den sollt ich auch mal wieder entwurmen, gleich morgen ab zum tierarzt, aber jetzt, zitrone in die hand, so, glas in die andre, wurm stets im blick, lauert da, will zerstören, fuckwurm, also, blick zum wurm, ja aufpassen, wurm im mund lassen, nicht schlucken, sonst zerstört er, auch kotzen bringt sonst nix, der verhakt sich, saugt sich fest an der speiseröhrenwand, beißt sich rein, und zerstört, die sau, also mich zerstört der wurm nicht, nun denn, is ja nicht das erste mal, dass ich tequila trinke, geht ja mit fast dreißig schon automatisch, so wie autofahren, oder das @-zeichen machen, also, salz lecken, glas zum mund, trinken, wurm im mund halten, schnell die zitrone abbeißen, fein, zitrone im mund. schlucken. geschluckt. ach verdammt.

Die gute Tat

Oh Mann, ich hab ja mal ein schlechtes Gewissen, so ein richtig scheiß schlechtes Gewissen, ich mein, so was macht man einfach nicht, auf'm Flohmarkt klauen, auf'm Flohmarkt was klauen is' ja mal so was von assi, asozial, a-so-zi-al, ich Arsch, ich Arschloch, ich a-so-zi-ales Arschloch, das ist ja fast wie 'nen Kumpel beklauen, auf'm Flohmarkt irgendwem was klauen ist fast wie 'nen Kumpel beklauen, aber echt, oder? Ja, klar, deswegen macht man so was nicht, echt nich', nee, verdammt, klauen geht mal gar nicht, also im Kaufhaus schon, da beklau ich ja den Kapitalismus, sozusagen, und da berechnen die das eh schon mit ein, oder bei dieser Buchverkaufskette, Tulia oder so, Bücher, Bücher sollten eh für alle da sein, und manche Bücher muss man einfach haben, besitzen, da langt das nicht, wenn man sie sich in der Bücherei ausleiht, nein, die muss man mitnehmen, sich ins Regal stellen und drüber freuen, dass man sie hat, dass sie einem selber gehören, eventuell liest man sie dann auch und stellt sie danach ins Regal zurück und freut sich drüber, dass sie da sind, oder man verleiht sie, freut sich, dass sich wer andres auch drüber freut und freut sich noch mehr, wenn man sie dann zurückkriegt und sie hat, und wenn man kein Geld hat, dann holt man sie sich halt, also nicht in der öffentlichen Bücherei, da klaut man ja nicht, bei so 'ner armen Bibliothek, aber die bei Tulia, die sind eh Wichser, kapitalistische Wichser, mit ihren damussichmalimcomputerschauenobwirdashaben-Schickimickiverkäuferinnen, mit ihren viel zu akkurat sortierten Buchpräsentierregalen und -tischen, soll wohl ansprechend und gemütlich wirken, diese viel zu gut beleuchteten Buchpräsentiertische, denen geht's doch nur um den Profit, diesen Tulias und wie sie alle heißen, gar nicht ums Buch, den kapitalistischen Wichsern, die die ganzen kleinen Buchhandlungen kaputtmachen, die armen kleinen Buchhandlungen mit ihren niedlichen, alten Buchhandlungsbesitzern, mit angestaubten Lesebrillen und Cordhosen und Strickjacken mit Zopfmuster, die sich auch optisch kaum abheben von ihren Bücherregalen, da kann man reingehen und fragt: Tschuldigung, hamse dasunddas Buch da, und er schaut verwirrt auf, mustert einen, denkt sich kurz seinen Teil, runzelt die Stirn und sagt dann: Nein, nein, hab ich nicht, vermutlich, weil er grad kein Bock hat, mit seinem eigenen Buch aufzuhören, das er da in seinen verknitterten Buchhändlerfingern hält, wie man nur ein Buch halten kann, perfekt, oder aber er freut sich über was auch immer, den Titel, den Kunden, das Aussehen des Kunden oder den Lesegeschmack oder über die in Aussicht stehenden Einnahmen und wuselt zielstrebig durch die Regale, verschwindet, kommt wieder und hat das Buch, das gesuchte. Niedlich so'n Buchhändler und seine fast ebenso niedlichen Aushilfen, so zerfranste Dauerstudierdaueraushilfen, Geschichtsstudenten, aber verdammt, ich Arsch, das da in meiner Tasche war definitiv kein Buch, nein, und der Mann war nicht Tulia, aber er sah so aus wie jemand, der da kaufen könnte, aber verdammt, das spielt doch überhaupt keine Rolle, auch Bücher klaut man nicht auf'm Flohmarkt, das ist echt assi, vielleicht soll ich zurückgehen und es zurückbringen? Ich luge in meine Tasche, hübsch, also doch zurückgehen? Vor dem Stand stehen bleiben – und dann? Ich könnt es fallenlassen, unauffällig fallenlassen, auffällig aufheben, hey Meister, gehört das zu dir, lag da, und es wieder auf den Tisch legen, zurück zu den ganzen andren Sachen, die da so lieblos aufgetürmt waren, also richtig lieblos hingeknallt, einfach wie ausgeschüttet sah das aus, und voll, voll war der Tisch, und das am Nachmittag, am Flohmarktende, also fast Ende, wo andre schon zusammenpacken und leere Kisten zurücklassen, glücklich nach Hause schlendern, mit einem Batzen Kleingeld in der Tasche, aber der saß da noch, grantig, mit vollem Tisch, voller Tisch mit lauter Kruscht, da hat ja auch keiner Lust zu stöbern, wenn das da alles so lieblos rumliegt, man will ja was von ideellem Wert auf'm Flohmarkt erstehen und so hingeschüttete Ware sieht halt nicht so aus, als könnte sie für irgendwen was Ideelles haben, hm, Blick zurück, thront da immer noch auf seinem Hightech-Anglerstuhl, guckt, als säße er auf'm Klo, das war einer von denen, die, wenn da steht *Abbau ab siebzehn Uhr*, dann auch erst um siebzehn Uhr abbauen, vermutlich wegen der Standgebühr, so ein habichschließlichfürbezahlt-Mensch, oder weil alles seine Ordnung haben muss, oder was weiß ich, sitzt da und regt sich auf über die Leute, die ihre Kisten zurücklassen, alleine regt er sich auf, will ja keiner mit ihm zusammen Flohmarkt machen, der Arme, und jetzt wird er noch beklaut, voll assi, aber mit so einem würd' ich auch nicht Flohmarkt machen wollen, aber verdammt, es war immer noch in meiner Tasche und es war immer noch asozial, und sind wir eigentlich nicht die Guten, die nicht asozialen, oh Mann, aber was passiert, wenn ich's zurückbringe, hm. Dann kauft es vielleicht wer andres, so 'ne Studentin, so 'ne richtige Studentin, die alternativen Krempel kauft, nicht weil er hübsch ist, nein, sondern weil es grad modern ist, oh Mann, wie ich so Leuts hasse, bah, nee, damit würd' ich ja mal gar nicht klarkommen, stell dir mal vor, sitz ich da inner Stadt, und plötzlich, ohne Vorwarnung, läuft da eine von diesen achichbinjasowasvonalternativ-Tanten vorbei und hat es inner Hand, nee, das geht mal gar nicht, da ist es bei mir besser aufgehoben, wirklich, aber verdammt, ich hab's immer noch geklaut, und das auf'm Flohmarkt, echt assi, hab ich noch nie gemacht, werd' ich als Flohmarkt-Verkäufer auch immer schrecklich sauer, wenn ich so was mitkriege, ich mein, wie assi ist das denn, ich mach doch Flohmarkt, weil ich wenig Geld hab, aber hm, der sah noch nicht mal so aus wie jemand, der wenig Geld hat, aber verdammt, danach kann man echt nicht gehen, also nach'm Äußeren, ich fühl' es da in meiner Parkatasche, hübsch, das fühlt man schon, wie hübsch das ist, hm.

Ich geh zurück, zieh diese peinliche ohdaliegtwasauffemboden-Nummer ab und leg's auf'n Tisch, und dann freut der sich, weil ich so ehrlich bin, aber verdammt, das ist feige, nicht ehrlich, ehrlich, das wäre, wenn ich's zugäbe, hey, du, sorry, ich hab das aus Versehen geklaut, und leg's zurück, aber aus Versehen klauen gibt's nicht, und so wie der aussieht, freut der sich dann nicht mal über meine Ehrlichkeit, sondern motzt, dann rastet der nicht nur aus, sondern ruft vielleicht noch die Bullen, also doch die runtervomtischraufaufdentisch-Nummer, hm, und dann, dann hab ich's ja nicht mehr, aber dann hab ich's auch nicht geklaut, ist doch was, hm, also dann frag ich, was er dafür haben will, und er sagt irgendwas, was echt zu viel ist, und der sieht so aus wie jemand, mit dem man nicht handeln kann, der auf'm Flohmarkt sitzt und nicht mal handeln will, total daneben von dem, darum geht's doch auf'm Flohmarkt, will der nicht handeln, wie ist der denn drauf, und ich hab ja eh kein Geld dabei, also nix, ach Mann, ich Arschloch, ich luge in die Tasche, echt hübsch, verdammt hübsch, und dann noch in meiner Lieblingsfarbe, aber der sieht so garstig aus, der lässt sich bestimmt nicht beschmeicheln, ein bisschen fiepfiep, ich hab grad kein Geld dabei, bekomm ich das trotzdem, das kommt bei so jemandem wie dem bestimmt nicht an, aber so Leute kann ich selber als Verkäufer auch nicht ab, die auf'n Flohmarkt gehen, um zu gammeln, hm, außer, wenn ich gutgelaunt bin und derjenige ist sympathisch und das Wetter ist gut, und es ist nur 'ne

Kleinigkeit, von geringem materiellen, aber eventuell hohem ideellem Wert, und genau so was hab ich ja in der Tasche, also, nein, nix also, klauen ist assi, ein No-Go. Auch auf'm Flohmarkt, oder eben gerade da, ach verdammt, was mach ich denn, ja, ich weiß, zurückbringen, und dann hab ich's halt nicht, hm, und dann, was passiert dann damit? Also die Tussi, die da die Sachen durchwühlt, kauft das nicht, nein, damit würd' ich nicht klarkommen, wenn das so'ne Kleiderkreiseltussi kaufen würde. Also wird's nicht verkauft und landet wieder lieblos in der Kiste und mit der Kiste im Auto. Der Typ sieht so aus wie jemand, der 'n Auto fährt, wo er die Ritzen im Armaturenbrett an der roten Ampel mit Wattestäbchen putzt, oh Mann, wie ich so Leute verachte, seh' die ab und zu aus'm Bus raus, Busfahren sollte ja auch für umsonst sein, wie Bücher, nur wie verdienen dann die Buchschreiber, hm, mal drüber nachdenken, aber nicht jetzt, abspeichern im Weltverbesserordner, so, also armes Ding, da lieblos in die Kiste geworfen, in einer dunklen Kiste, landet im dunklen Keller, mit so Spinnen und Staubmilben, aber aufgeräumt ist der Keller von dem Typen bestimmt, so mit Regalen und beschrifteten Kisten, und so, ganz lange liegt's dann in der Kiste, auf der steht dann *Flohmarkt* drauf, fein säuberlich mit schwarzem Filzstift, ich schaue in meine Tasche, da sieht's viel hübscher aus als auf'm Tisch oder in der Kiste, pah, und es würde bestimmt lange in der Kiste liegen, weil so wie der Typ aussieht, macht der so schnell nicht nochmal Flohmarkt, so voll wie der Tisch ist, dieser Tapeziertisch, noch nicht mal mit Decke oder so drüber, sind dem zu schade, seine Tischdecken für'n Flohmarkt, pah, und so mürrisch wie der guckt, da traut sich ja auch keiner zu fragen, wie viel was kostet, und da geht man ja auch gar nicht gerne hin, zu so'nem Typen, an so'nen lieblos aufgestellten Stand, nee, höchstens diese Kruschtler, alte Herren mit Regenschirmen und stierem Blick, die morgens um fünf schon rumrennen und in die fremden Kisten glotzen, während man noch total verschlafen aufbaut und einen fragen: Haben Sie auch Überraschungseifiguren oder Märklin-Zubehör? Oder von Disney Das lustige Taschenbuch – aber die Erstausgaben? Oder Geschirr von Villeroy & Boch? Und man ist noch total verschlafen und denkt sich, was'n Freak, und kann sonst noch gar nicht denken, weil die vom Kaffeestand ham noch keinen Kaffee fertig, und überall Kisten und Chaos, und dann diese Typen mit den Regenschirmen und Hüten und stieren Blicken, die einem nicht ins Gesicht schau'n sondern nur in die Kisten, und man kann noch gar nicht denken, was man alles hat und wo alles hingestellt werden soll, soll ja auch hübsch aussehen so'n Stand, und denkt sich, nee, für dich hab ich das alte Zeug nicht, dass es in so'ner nummerierten Vitrine verstaubt, nee, für dich nicht, das Zeug kriegt nachher so'n kleiner Fratz mit Rotgeld in der Faust und großen, glücklichen Augen, aber nicht du, und man sagt: Nein, habe ich leider nicht, tut mir leid und grinst dabei extra bescheuert, wie die Verkäuferin von Tulia, aber verdammt, ich bin kein kleines Kind, und klauen ist assi, und ich hab noch nicht mal Rotgeld dabei, und das würd' ja nur in 'ner Kiste landen, wenn ich's nicht mitgenommen hätte, und im Keller liegen, und dann zieht der Typ mal um, weil ihn die Deutsche Bahn woanders hin versetzt, den Zugkontrolleur, und er lässt seinen Keller entrümpeln, nein, er macht das selber, weil: das Geld kann man sich sparen, und schleppt die Kisten, wo auch das hübsche Ding drin ist, in sein poliertes ichwaschmeinautojedensamstag-Auto, in den Kofferraum, auf die Schondecke und schmeißt die Kisten weg, oh nein!, oh Mann, der Arsch, könnte er ja auch verschenken, an den Umsonstladen oder an die Möbelkammer oder so, aber so wie der aussieht und so mürrisch wie der schaut, verschenkt der das nicht, gönnt er ja keinem, könnt sich ja wer andres drüber freuen, nein, soweit denkt der vermutlich überhaupt gar nicht, schneller Blick in die Jackentasche, wird mir ganz schlecht bei dem Gedanken, der Vorstellung, wie das hübsche Ding in der Müllverbrennungsanlage verbrennt, das hübsche Ding, oh Mann, verdammt, der Arsch, oder er wirft es in den Wald, zu diesen Schuttabladen-verboten-Schildern, und dann wird es von Maden gefressen und gruselige Wildschweine mit langen Eckzähnen kauen drauf rum, weil so ein Wildschwein das ja gar nicht zu schätzen weiß, so'n hübsches Ding, kann's ja auch nix für, das Schwein. Aber ich weiß es zu schätzen, aber verdammt, klauen auf'm Flohmarkt ist assi, aber ich rette das Ding, und die Umwelt, ich bin also – zumindest für das Hübsche in meiner Tasche – ein Held, und ein sozialer noch dazu! Oder?

STEFFI LOVE

Bis zum letzten Tropfen
One With The Freaks
Haha, Heimkind
Dieter
Pissnelkenblues
Unten mit Tequila
Fliegen

*I like songs about drifters, books about the same
They both seem to make me feel a little less insane.*
(Modest Mouse)

Bis zum letzten Tropfen

Mit einem Panikanfall, der sich gewaschen hat, falle ich auf dem Weg zum neuen Job, mitten im Rotlichtviertel aus der Bahn.

In meinem Kopf zwei Fragen: Wer rettet mich, wenn ich nun wirklich sterben muss? Und: Wohin, wohin nur, um mir Tavor einzufahren und auf das Abklingen der Angst zu warten?

Ich stehe direkt vor einem Pornokino, mir ist alles egal. Mit zittrigen Gorillahänden fingere ich nach Kleingeld und flüchte in die nächste freie Kabine.

Ich schließe ab, rutsche an der Tür in die Hocke und versuche zu Atem zu kommen. Meine Güte, was das alles wieder soll!

Ich lege mir eine Schmelztablette unter die Zunge, setze mich auf den schlonzigen Ledersessel und warte, dass die verdammte Angst weggeht, während auf dem Monitor vor mir James Deen seine nächste Rosette spaltet.

Ich sehe nicht so genau hin, tupfe mir mit den für eigentlich ganz andere Substanzen gedachten Kleenex-Tüchern den Schweiß von der Stirn.

Aus den Boxen nebenan höre ich es wimmern, stöhnen, schreien. Ich frage mich, wer meine Nachbarn sind. Was sie um diese Uhrzeit in ein Pornokino treibt. Sich selbst berühren, weil es niemand anders mehr tut, schon gar nicht die Außenwelt.

Sich leerpumpen, auswringen, gegen den Alltag, weil da nichts mehr ist, das Ausgleich bietet, nichts, das sonst noch raus will. Keine Fragen mehr, keine Ziele, keine Wut. Oder weil die verdammte Geilheit einfach nicht abebben will.

Sich vielleicht selbst widerlich finden, aber gegen das Verlangen nicht mehr ankommen.

Ich frage mich, ob man seiner Geilheit nicht viel stressfreier und angenehmer zu Hause beikommen könnte, aber vielleicht gehört auch gerade das zum Kick – im Bus sitzen, sich Leute begucken und dabei denken: »Ich fahre jetzt ins Pornokino, um mir einen zu keulen, und ihr bloß zur Arbeit!« Vielleicht ist zu Hause aber doch noch eine Freundin oder Ehefrau, die nur noch stört und anwidert. Oder ist der Fernseher kaputt?

Ich schließe aus, dass jemand aus ähnlichen Gründen hier gelandet ist.

So merkwürdig die Situation auch ist, ich muss zugeben, dass ich mich hier sicher fühle. Wirklich sicher.

Der Raum misst vielleicht vier Quadratmeter, eine Wichsbox. Die Wände sind dunkelrot, ein Lichterschlauch mit mehreren defekten Lampen spendet schwiemeliges aber passendes Licht. Hier zündet sich niemand eine Kerze an.

Der Sessel ist erstaunlich bequem, es riecht hier drin zum Glück mehr nach Desinfektionsmitteln als nach altem Sperma.

Vor mir der besagte Monitor, dort kann man Filme auswählen, auch einzelne Szenen, vorspulen, zurückspulen zu den besten Stellen.

Ich hatte mir diese Boxen schalldichter vorgestellt, aber vielleicht gehört auch das zum Reiz – Wichsen in Gemeinschaft und doch allein. Begleitet von der Geräuschkulisse der Anderen. Vielleicht trifft man sich auch, nachdem der letzte Tropfen versiegt ist, in der Kneipe gegenüber zum Bier?

»Ah, Moin Albert! Heute wieder Vivian Schmitt?«

»Nee, da regt sich bei mir nix mehr, ich bin grad bei den kleinen Asiamäuschen!«

Dann stößt man bei einem Herrengedeck an und ist froh, sich vor seinem Gegenüber nicht schämen zu müssen.

An meinem Monitor geht eine Art Countdown los, der mir sagt, dass ich entweder noch mehr Geld einschmeißen muss, oder dass meine Happy-Time in fünf Minuten vorüber sein wird.

Das Tavor wirkt und ich habe mich wieder einigermaßen beisammen. Für wie lange weiß ich nicht, aber ich hoffe dass es reicht, um diesen Tag zu überstehen. Der neue Job, ich bin gespannt, was er fordert, körperlich. Innen drin ist bei mir ja nicht mehr viel zu holen.

Ich habe kein Kleingeld mehr und muss darum gleich gehen. Auf die Straße, Geld zusammenbücken.

Aber ich glaube, dass ich hier einen sicheren Ort gefunden habe, verborgen vor der Wirklichkeit. Wer würde schon eine Nutte im Pornokino suchen?

One With The Freaks

(Have you ever been all messed up? – The Notwist)

»Was der Heinz da eben gesagt hat, was macht das mit dir?«
Zehn neugierige Augenpaare beglubschen mich. Teilnahmsvoll, mitfühlend. Wissendes Kopfnicken rundherum.
Ach so, ich bin gemeint. Ganz vergessen, Selbsthilfegruppe hier. Respektive »Achtsamkeitsgruppe«. Ich halte von dem Quatsch überhaupt nichts, das habe ich auch schon bei diversen Chefarztvisiten durchblicken lassen, aber davon wollte man nichts hören. Ich solle mich öffnen und nicht allem immer so kritisch gegenüberstehen. Vielleicht, nein, ganz bestimmt würde mir diese Gruppe guttun.
»Guttun«. Ein klassischer Klapsenausdruck. Aber die Schwester, die mir das erzählt, schwört auch auf Spirulina-Pillen, redet viel und gerne über ihre allabendlichen Verabredungen mit »Edward und Bella« (Twilight im Endstadium) und ist am Wochenende häufiger Gast auf Orgasmussemi-

naren. Das habe ich mir ausgedacht, würde aber gut zu ihr passen.

»Also, von dem, was der Heinz da gesagt hat, fühle ich mich eigentlich nicht angesprochen.«

Aus einer Ecke wispert die alte Arschgeige mit dem Waschzwang: »Total zu, die macht einfach immer total zu.«

Ich werde mich dafür nachher mit einem Händedruck bedanken. Und ihr hinterher eröffnen, dass ich mir meine Hände vorher nicht gewaschen habe. Da hat sie dann wieder was zu schrubben. Ja, mies. Weiß ich. Aber auch eine psychische Erkrankung kann keine Entschuldigung für fortwährendes und ausgeprägtes Arschlochtum sein.

Beispielsweise malt sie für die arme Reinigungskraft immer Testfelder mit Kajal oder Ähnlichem an die Fliesen, weil sie den Verdacht hat, dass die ihre Arbeit nicht ordentlich macht. Und wenn sie dann wirklich mal Rückstände vorfindet, wird auf der Stationsrunde angeschwärzt. Finde ich eine Frechheit, zumal Renate, so heißt die Putzfrau, eine Perle ist. Randvoll mit ostfriesischem Charme hat sie immer ein paar sehr gute plattdeutsche Redewendungen auf Lager.

Ich bin auf jeden Fall total zu. Das ist in dieser Gruppe meine Rolle.

Dass ich mit dem ganzen Irrsinn vom sicheren inneren Ort einfach nichts anfangen kann, ist außerhalb der Vorstellung von Therapeuten und Mitpatienten.

»Mit was genau kannst du nichts anfangen? Mit seinen Emotionen oder damit, wie er sie ausgedrückt hat?«

»Ich habe es wirklich versucht, aber ich kann den Heinz einfach nicht verstehen. Vielleicht bin ich nicht einfühlsam genug, aber ich verstehe einfach nicht, warum man geschlagene zwanzig Minuten von einer einzigen Gefühlsregung reden muss. Es ist ja in Ordnung, dass er morgens manchmal zitterige Beine hat. Ich bin selber wegen Angst hier, ich weiß ja, wie das ist. Entschuldige Heinz, aber ich kann es einfach nicht mehr hören.«

Betretene Stille.

Dann die Frage aller Fragen:

»Heinz, was macht das mit dir, was die Mona da grade gesagt hat?«

Heinz, mal wieder so was ähnliches wie erschüttert: »Ich glaube, die Mona ist als Kind einfach nicht oft genug in den Arm genommen worden. Das merkt man ihr an. Diese andauernde Abwehrhaltung in der Achtsamkeitsgruppe, immer wenn es ans Eingemachte geht. Auf Station ist sie ja gar nicht so. Das macht sie nur, um sich zu schützen. Sie muss anderen wehtun, weil ihr wehgetan wurde.«

Die Therapeutin sagt: »Also, ich finde ja total spannend, was hier gerade passiert. Auch im richtigen Leben gibt es Reibungen, mit denen ihr lernen müsst, umzugehen. Das könnt ihr hier in solchen Situationen gut üben! Schaut mal, im Alltag sind auch nicht immer alle einer Meinung. Mona, magst du was dazu sagen?«

Ich fühle mich schon wieder total verkohlt. Was glaubt die denn? Dass ich so traurig bin und immer Angst habe, weil da draußen so viel gestritten wird und ich meine Meinung nicht vertreten kann? Nur weil ich Angst habe, Bus zu fahren (was zugegebenermaßen wirklich bescheuert ist), bedeutet das noch lange nicht, dass ich nicht die Grundlagen der Kommunikation beherrsche. Man stelle sich vor, sogar ich bin irgendwie sozialisiert worden. Trotz Angst! Ich esse mit Messer und Gabel, vernachlässige meine Körperhygiene nicht und kaufe keine Bildzeitung.

Mit Meise. Kann sich hier aber natürlich keiner vorstellen.

Natürlich äußert sich meine Krankheit auch im Umgang mit Freunden und so weiter, aber deswegen vergesse ich doch nicht meine Manieren.

»Heinz, jetzt lass' aber mal die Kirche im Dorf. Ich habe einfach keine Lust, mir immer wieder die gleichen Geschichten anzuhören. Mir geht es hier viel zu wenig um das eigentliche Problem, die Angst nämlich. Ich würde lieber ein paar gute Tipps bekommen, was ich dagegen tun kann, oder erklärt bekommen, woher sie kommt. Stattdessen höre ich immer nur, dass alle Angst haben. Ich glaube nicht, dass es besonders weiterhilft, immer nur darüber zu sprechen.«

»Mona, das ist ganz wichtig, was du da sagst.«

»... und außerdem: Natürlich bin ich nicht oft genug in den Arm genommen worden, deswegen habe ich auch kein Grundvertrauen oder irgendeine Grundsicherheit, die andere Menschen haben. Das liegt doch auf der Hand! Ich sehe aber nicht ein, warum ich deswegen nicht ehrlich sein darf. Auf meinen Verstand oder mein Gehör hatte das glaube ich kaum Auswirkungen.«

So. Ruhe im Karton.

Natürlich nicht. Jetzt fängt die ganze Gruppe an, zu summen. Tumultartige Zustände für eine Achtsamkeitsgruppe.

»Meine Lieben, nicht alle auf einmal. Ich gebe mal die Sprechrobbe herum, dann kommt jeder zu Wort. Wir müssen auch lernen, uns gegenseitig ausreden zu lassen. Für solche Konfliktsituationen ist das sehr wichtig!«

Die Sprechrobbe. Die Sprechrobbe ist fast noch geiler als das morgendliche Blitzlicht. Da muss jeder auf einer Skala von eins bis zehn seine Stimmung einordnen.

»Holger, wie geht es dir heute?«

»Sieben.«

Könnte alles so einfach sein, scheitert aber am kompletten Schwachsinn. Um dem ganzen noch die Krone aufzusetzen, muss man seine Stimmung manchmal auch körperlich darstellen. Soll heißen: Man bleibt sitzen, steht auf, stellt sich auf den Stuhl oder legt sich auf den Boden, und das bedeutet dann gutes oder schlechtes Befinden. Damit soll man üben, aus sich herauszukommen. Wenn das nur auch mein Problem wäre!

Die Sprechrobbe macht ihre Runde. Die Waschzwanguschi ekelt sich, aber die Therapeutin will das nun nicht diskutieren. (»Das ist heute nicht dran, dann musst du diese Diskussion nun aushalten.«) Dann muss sie eben den Mund halten. Fertig, aus.

Jeder darf nun seine Hände an dem spakigen grauen Fell der Plüschrobbe abwischen, aber bloß nicht aus lauter Nervosität anfangen, an ihr rumzukniepeln, die gibt's hier nämlich schon viele Jahre, und die soll nicht kaputt gehen, *und wenn ihr beim Sprechen nervös werdet, dann nehmt bitte euren Stressball oder euer Trosttier und lasst Robbi einfach auf eurem Schoß liegen.*

Wenn ich in jede Gruppentherapie oder zu jedem Einzelgespräch alles mitschluren würde, was ich für Fälle von Nervosität, Traurigkeit, Wut, Angst, und weiß der Schinder in der Ergotherapie gebastelt habe, bräuchte ich einen Trolley.

Knetknollen, Sprechsteine, Wutwürste, Trauertrolle – ein weites Feld der Nutzlosigkeiten.

Auch ohne solche Dinge, weiß ich, wo ich bin. Ich bin aber nicht in die Klapse gegangen, um meine Psychosen zu zelebrieren, sondern um mir helfen zu lassen.

Hätte ich gewusst, dass das mit so viel Esoterik und so wenig mit Rationalität einhergeht, hätte ich mir das sicher anders überlegt.

Einzig meine Medikamentenphobie hält mich hier. Ich bin nämlich nicht in der Lage, Tabletten welcher Art auch immer selbstständig einzunehmen. Aber weil eine gute Medikation schon ein Stück weit Besserung ausmacht und ich mich nur unter Aufsicht traue, Psychopharmaka einzunehmen, nützt das alles nix. Und bis das richtige Präparat gefunden ist, fließt eine Menge Wasser durch die Wupper. Ein- und Ausschleichen, immer wieder, bis dann eine Linderung der Symptome eintritt.

Weil eine stationäre Einzeltherapie aber keine Krankenkasse der Welt bezahlt, bin ich genötigt, an diesen Gruppen teilzunehmen.

Heinz hat sofort nach der Sprechrobbe grabbelt, die anderen mal was sagen zu lassen, gehört nicht zu seinen Ressourcen.

»Ich glaube, die Mona ist schon total über'n Punkt. Austherapiert. Der geht's doch schon seit Tagen immer sieben oder acht. Und so krank wirkt die eigentlich auch nicht!«

»Aber, aber Heinz! Nun musst du achtgeben, dass du nicht ungerecht wirst. Nur weil die Mona dir widersprochen hat, darfst du dir keine solche Meinung über sie bilden. Wer hier austherapiert oder über den Punkt ist, das entscheiden immer noch wir! Du solltest dich freuen, dass Mona ein paar gute Tage hat, das wünscht sie sich für dich sicher auch! Oder?«
Die Orgasmustante guckt mich aufmunternd an.

Ich lächle kunsthonigsüß. Jetzt erst recht.

»Du, Heinz. Kann es sein, dass du in der analen Phase irgendwie ... stecken geblieben bist?«

Ein bisschen was gelernt habe ich hier schließlich auch. Heinz wird weiß, dann rot, dann wieder weiß.

»Wie kommst du darauf? Willst du mich jetzt beleidigen? Also, Schwester Helga, das finde ich jetzt nicht in Ordnung! So was darf die Mona nicht zu mir sagen!«

»Mona, wie kommst du auf diese Idee? Willst du den Heinz jetzt ärgern oder konstruktiv etwas beitragen?«

Die anderen sind still, die Sprechrobbe hat für heute ausgedient.

»Na ja, ich dachte bloß ... der Heinz ist zwanghaft und geizig, er kann nicht zwischen seiner Vorstellung und seinen wirklichen Gefühlen unterscheiden, und außerdem ist er unterschwellig aggressiv. Das leuchtet doch ein! Also frage ich mich, ob dieses Steckenbleiben in der analen Phase nicht zu seiner Diagnose gehört und ob das wohl auch behandelt wird!«

Schwester Helgas Gesicht ist gold. Das nennt man »jemanden mit den eigenen Waffen schlagen.«

Ich kann es einfach nicht mehr hören. All der Esoterikbrei aus Imaginationsübungen, Externalisation mit Seifenblasen, Krafttier, Sorgenrucksack, Tresor- und Leinwandübungen, der beknackte *Sichere Innere Ort* und am allergeilsten: die Geburtstheorie!

Wenn man auf natürlichem Weg zur Welt gekommen ist, dann fühlt man sich frei und erleichtert, das lässt sich angeblich auf die Zukunft übertragen.

Menschen, die per Kaiserschnitt geboren wurden, sind häufiger von Angst und Süchten geplagt, weil sie diese Freiheit und Erleichterung nicht kennen, da ihnen schon diese erste Prüfung des Lebens, nämlich das Flutschen durch den engen Geburtskanal und der damit verbundene erste eigene Erfolg versagt blieb. Da wird die Spreu vom Weizen getrennt.

Das muss man sich mal reinziehen!

Ich frage mich nicht zum ersten Mal, wie man Leute therapiert, die trotz ihrer Erkrankung noch ganz gut denken können, die nicht an Esoterik oder Imaginationsübungen glauben. Wo gehen solche Leute hin, um sich helfen zu lassen?

Leider komme ich nicht zu Wort.

Schwester Helga schaut mich durchdringend an.

»Weißt du Mona, ich glaube du bist heute einfach auf Krawall gebürstet. Vielleicht solltest du dich einfach ein bisschen auspowern und deine negative Energie loswerden.

Das kann manchmal guttun. Du hast heute keinen guten Tag, das haben wir alle mal. Ich bitte dich aber jetzt, die Runde zu verlassen, damit wir hier ohne Streit weitermachen können. Vielleicht besprichst du dein Problem mit Heinz heute Nachmittag in einer Begegnung. Frau Phillip und ich sind dazu gerne bereit.«

Ich verlasse den Raum und mache mir 'ne Tasse hochtherapeutischen Lindenblütentee. Auf den Nachmittag bin ich gespannt.

Haha, Heimkind

»Wie viel kostet das?«

»Eine Mark. Alles eine Mark«

»Ach so. Das hier auch?«

»Ja, alles eine Mark. Wenn du für fünf Mark kaufst, bekommst du eine sechste Sache gratis.«

»Hm. Ich schau mal weiter. Bis Montag in der Schule dann.«

Und sie zieht kichernd weiter, ihre beste Freundin untergehakt.

Die Tochter vom Rektor. Du wirst in der Schule furchtbar dafür ausgelacht werden.

Du sitzt auf dem Flohmarkt, seit Stunden schon im strömenden Regen. Nass bis auf die Haut, deine Hände gleichen mehr denen einer uralten Frau als denen eines grade mal zwölfjährigen Mädchens. Ausgebreitet auf einer Wolldecke vor dir liegen deine Habseligkeiten, alles was du irgendwie entbehren konntest. Es sind eine Menge Dinge dabei, die du eigentlich sehr gern hast, aber du verkaufst sie lieber. Besser, keine Spielsachen zu besitzen, als blaue Flecken zu bekommen. Du hast dir vorgenommen, wenigstens 15 Mark zu verdienen. 15 Mark sind drei Schachteln Zigaretten. Sechzig Zigaretten bedeuten eine Menge Schutz für dich. Mindestens zwei Tage. Alle halbe Stunde kommen ein oder zwei der Kinder aus dem Heim, in dem du wohnst, und schauen nach, ob du schon was eingenommen hast. Du hast zu viel Angst davor, sie zu belügen und die Frage nach Geld zu verneinen, also gibst du ihnen die paar Mark, die du hast. Sie hätten sie dir sonst mit Gewalt abgenommen, keine Frage.

Du überlegst still, ob du zu Hause vielleicht noch etwas findest, das sich zu Geld machen lässt. Schrecklich viel Spielzeug greifst du nicht ab. Du hast keine Eltern oder Verwandten, die sich um dich scheren, und Weihnachten und Geburtstag sind nur zwei von 365 langen Tagen. Das Taschengeld, falls du es bekommst und es dir nicht abgezogen wurde, weil du beim Rauchen erwischt wurdest, reicht auch hinten und vorne nicht. Das Geld, das du bekommst, setzt du sofort wieder in Zigaretten um. Die allerwenigsten davon rauchst du selbst. Zigaretten zu haben bedeutet körperliche Unversehrtheit. Dein ganzes Leben dreht sich darum.

Du hast mal versucht, einen kleinen Job zu bekommen. Aber Heimkinder nimmt niemand. Die klauen. Was ja auch durchaus stimmt. Hinterfragt hat das nie jemand. Genauso wenig, wie irgendein Erzieher auf die Idee kommen würde, dir oder einem anderen Kind Hilfe anzubieten, wenn es darum geht, mit dem Rauchen aufzuhören. Taschengeldabzug oder andere Sanktionen müssen da reichen. Du warst dir für nichts zu schade. Hauptsache war, irgendwie anerkannt zu werden. Oder wenigstens deine Ruhe zu haben. Du hast sogar mal den größten und aggressivsten Jungen angeboten, dich einmal sofort richtig zu verprügeln, damit sie dich dann für eine oder zwei Wochen verschonen. Verprügelt haben sie dich natürlich, gerne. Die Ruhe danach währte drei Tage. Danach wurden sie wieder unruhig und du standst wieder vor der Wahl: Zigaretten klauen oder Haue.

Du hast enorme Strecken auf dich genommen, du hattest irgendwann in allen umliegenden Läden Hausverbot. Ganze Nachmittage hast du in Supermärkten verbracht, bekleidet in viel zu großen Klamotten, weil da mehr reinging. Wie du aussahst war dir egal. Heimkinder sind modisch selten up to date, du hattest auch noch das Pech, die Jüngste von allen zu sein, und Erzieher zu haben, die wollten, dass du altersgemäß rumläufst. In Wahrheit hast du ausgesehen wie der letzte Penner. Die Hosen immer zu kurz, die Pullover an den Ärmeln zerfressen (an den Bündchen kauen war eine deiner vielen nervösen Angewohnheiten) und sowieso. Kein Wunder, dass du keine Eltern hast, so hässlich wie du bist. Du hast dir angewöhnt, mitzulachen. Tränen hätten nur wieder Schläge der anderen Kinder bedeutet, und Lachen hilft, wenn einem das Heulen unterm Hals stehst.

Vergessen hast du das aber nicht.

Du hast nichts davon vergessen. Die Jungen und Mädchen, allesamt älter und stärker als du, die dich zur Unperson gemacht haben. Einfach, weil du die Schwächere warst, noch dazu ohne Eltern, also auch ohne finanziell ergiebige Wochenenden, ohne Geschwister im Heim, die dich irgendwie hätten unterstützten können. Die anderen. Sie wurden immer größer, immer stärker. Du wurdest klein und kleiner. Schwach und schwächer. Manchmal kam es dir so vor, als würden sie deine Lebenskraft in sich aufnehmen. Damit du ja nie erwachsen wirst, und sie alle immer einen Sündenbock haben. Einen, der sich nicht wehren kann.

Du hast zwar Geschwister, einen ganzen Haufen sogar, aber wo die sind, das weißt du nicht. Und auch nicht, warum der Kontakt zu ihnen etwas Schlechtes sein soll. Noch dazu warst du intelligent. Und wurdest von deinen Erziehern gefördert. Musikunterricht, Sportvereine, das ganze Programm. Das hat dir keine Anerkennung bei den anderen Kindern gebracht, es hat ihren Hass gegen dich nur noch mehr geschürt. Du hast angefangen, die Musikstunden zu schwänzen, einfach um sagen zu können: »Ach, die können mich mal! Ich geh nicht zum Klarinettenunterricht!« Jede Stunde Einzelunterricht in der du nicht erschienen bist, kam raus. Das machte jedes Mal 30 Mark Taschengeldabzug. Was auch sonst. Hinterfragen lohnt nicht. Dann gehst du eben weiter klauen.

Du hast angefangen, mit Absicht schlechte Noten zu schreiben, einfach um das Stigma »Realschule« loszuwerden. Wenigstens auf die Hauptschule wolltest du kommen. Da waren eh die cooleren Kinder. Mit denen wollte auch keiner was zu tun haben. Also haben sie sich mit den Heimkindern zusammengeschlossen. Jede Eins, die du geschrieben hast, in Englisch und Deutsch war dir peinlich und rief Panik hervor. Du wusstest ja, was dir dann blühte.

»Der Streberin, der hauen wir mal eine rein!« Die Einsen kamen immer raus, weil dich Kinder aus deinem Haus verpfiffen haben, wenn du gelobt wurdest. Aber in den Fächern konntest du einfach nicht schlecht werden. Du mochtest deine Deutschlehrerin so sehr.

Du hattest viel Hausarrest. Besonders, wenn du mal wieder deine Stunden beim Psychologen nicht wahrgenommen hast. Hausarrest bedeutete Schutz, aber auch Angst davor, was die anderen sich jetzt wieder gegen dich ausdenken. Der Psychologe hat immer nur gefragt: »Warum bist du hier?« Und deine einzige Antwort darauf war: »Wegen meiner Mutter.«

Das war ihm nie Antwort genug. Du hast sein Bohren gehasst. Heute weißt du, dass du nichts für deine heroinsüchtige Mutter kannst. Heute weißt du auch, dass sie ein paar Jahre lang in einem Gefängnis gesessen hat, das von deinem Kinderheim ungefähr zehn Minuten Fußweg entfernt lag. Nie hat dir das jemand erzählt.

Das macht dich heute noch verrückt.

Du hast deine Eltern vermisst, obwohl du sie kaum kanntest. Und du hast sie gehasst, abgrundtief, weil sie dir schließlich die Suppe eingebrockt hatten. Auslöffeln musstest du sie. Alleine. Ganz alleine.

Du hast deine Wut an den jüngeren Kindern in deiner Gruppe ausgelassen. Man kann nur nach unten treten. Heute kannst du dein Verhalten besser reflektieren, auch wenn es dir alles schrecklich leidtut.

Irgendwann bist du weggelaufen. Du warst schon öfter mal auf Trebe. Auch das hatte viel mit Profilierung zu tun. Du wolltest eigentlich nicht, dass sich jemand Sorgen um dich macht. Du hast dir auch überhaupt nicht vorstellen können, dass sich jemand um dich sorgt. Die Hässliche. Die Aggressive. Die Böse. Du hast bei wildfremden Männern in Sozialwohnungen übernachtet, bei Abschaum, Alkoholikern. Dass dir dabei kaum etwas passiert ist, war reines Glück.

Du bist irgendwann nach der Schule einfach in den Bus in die nächst größere Stadt gestiegen. Das war kurz nachdem sich die Kinder ein neues Spiel für dich überlegt hatten, eines, das dich unsagbar gequält hat. Nicht lange zuvor hatten sie dir beim Zelten die Haare abrasiert. Du bist wochenlang mit einer Tonsur rumgelaufen und hast dich schrecklich dafür geschämt. In deiner Gruppe gab es bloß Ärger wegen dem Unsinn. Du hast erzählt, dass du Kaugummi in den Haaren hattest. Jetzt also ein neues Spiel. Das lag bloß an dem Lob der blöden Musiklehrerin, die während der Pause, als du bei den anderen standest, den Vorschlag gemacht hat, dass du doch im Chor mitsingen könntest. So ein Talent!

Das haben sie natürlich mitbekommen, Ohren wie Satellitenschüsseln.

Also haben sie dich an einem Nachmittag am Waldeingang abgefangen. Du musstest dich auf eine Mauer setzen.

»Sing!«

Du hast dich geweigert.

»Entweder du singst oder es passiert was!«

Also hast du angefangen zu singen. Mit zitternder Stimme. Währenddessen wurdest du angespuckt und mit Steinen beworfen. Du hast angefangen zu weinen. Dafür gab es Backpfeifen. Du bist von der Mauer gefallen, hast dir die Knie aufgeschlagen. Dein Kleid ging kaputt. Das würde auch zu Hause noch Ärger geben. Sie haben dich wieder auf die Mauer gesetzt, und du musstest weitersingen. Die Kinder wurden immer mehr. Es hatte sich ein Halbkreis um dich herum gebildet. Zwei Jungen standen links und rechts von dir, damit du ja nicht abhaust. Du konntest sehr schnell rennen. Du musstest weitermachen. Alberne Kinderlieder singen. Alle meine Entchen. Sie haben gelacht, gespuckt und mit kleinen Steinen geworfen. Du hast den Schmerz nicht mehr gespürt, nur die Erniedrigung. Die hat sich kilometertief in dich eingebrannt. Stundenlang ging es so, bis es Zeit zum Abendessen war. Und sie in ihren Gruppen gefragt wurden, ob sie schön gespielt haben. Was sie alle, alle mit einem strahlenden Lächeln bejaht haben. Du hast sie am nächsten Tag damit angeben hören.

Du bist »nach Hause« gegangen, hast gesagt, du wärst schlimm gefallen, deswegen weinst du. Wegen dem kaputten Kleid hast du Hausarrest bekommen. Es war dir egal. Du hast dir am nächsten Morgen ein paar Schulbrote mehr als sonst geschmiert, und bist nie wiedergekommen. Du bist in die große Stadt gefahren, hast, als du nicht weiterwusstest, bei der Telefonseelsorge angerufen und bist kurz darauf von einer Betreuerin aus einem Mädchenschutzhaus abgeholt worden.

Es folgten Aufenthalte in verschiedenen Einrichtungen, bis du in dieser Stadt gelandet bist. Diese Stadt nennst du zum ersten Mal »Zuhause« und meinst es ehrlich. Du hast dein Kinderheim nie vermisst. Wohl ein paar Betreuer, aber die haben eh immer die Stellen gewechselt, sobald du dich an sie gewöhnt hattest, sobald du so was ähnliches wie »Liebe« empfunden hast.

Kinder können grausam sein. Das weiß jeder, und das würdest du auch gerne behaupten. Allerdings waren die Kinder keine mehr. Es waren Heranwachsende, manche schon fast erwachsen. Du hasst sie so sehr, bist ihnen aber auch irgendwie dankbar.

Deine Flucht hat dir zu einem eigenen Leben verholfen. Du konntest deinen eigenen Freundeskreis aufbauen, wo man dich um deiner Person willen mag, und es scheißegal ist, ob du viele oder keine Zigaretten hast, wo du zur Schule gegangen bist. Du wirst gemocht, zum ersten Mal in deinem Leben, wegen dir selbst. Wärst du in dem Kinderheim geblieben, du magst dir gar nicht ausmalen, was aus dir geworden wäre. Eine, die ja zu allem sagt. Eine, die sich Zuneigung erkauft. Eine, die aus Angst vor Menschen alles tut, was sie von ihr verlangen.

Alles, was dir passiert ist, hat dich zu dem gemacht, was du jetzt bist. Du bist froh darüber und weißt dein Umfeld zu schätzen, all den Support, den du bekommen hast.

Aber es tut immer noch weh.

Dieter

Dicker Dieter Kattau
Mutter ist 'ne Pottsau
Vater ist am Saufen
Du dicker Scheißhaufen

Besonders einfallsreich waren wir nicht, dass muss ich zugeben. Du hast mir nicht mal leidgetan, wenn die anderen dich gejagt haben. Das war nicht besonders schwer, du warst so fett, dass du nur watscheln konntest. Vor Angst konntest du dich gar nicht mehr artikulieren, du hast nur noch gebrüllt wie ein panisches Tier.

Mir hat das gutgetan. Wenn sie hinter *dir* her waren, musste *ich* nichts befürchten. Wir waren früher sogar mal so was wie Freunde.

Ich war bei dir auf einem Geburtstag und habe mich vorher noch nie so beklommen gefühlt.

Deine adipöse Mutter im Rollstuhl mit dem Sauerstoffgerät, das so gruselige Geräusche machte. Dein Vater, der dir mit einem verschnodderten Taschentuch im Gesicht rummachte und mich dabei aus dem Augenwinkel beobachtete.

Während er seine Rotze auf deiner Speckvisage verteilte, schob er mit seiner Zunge sein falsches Gebiss vor und zurück. Das machte widerlich klackernd-schmatzende Geräusche. Deine Mutter schob mir einen alten Berliner nach dem anderen zu und wollte mich behalten.

Euer klammes Haus, in dem es nach Essen und Holzofen roch, mit schlechtem Fernsehempfang und niedrigen Decken, am Ende der Straße, ich habe es danach nie wieder von innen gesehen.

Nach zwei sehr verschneiten Folgen Scooby Doo und einem Glas warmer Limo – meinen trockenen Berliner zerbröselte ich im Schutz der bröckeligen Wachstischdecke – bin ich weggerannt.

Danach waren wir keine Freunde mehr. Auch wenn du immer wieder versucht hast, mir nahezukommen. Ich habe dich mir mit Weidenstöcken vom Hals gehalten, die so schön flitschten, wenn man zuschlug. Dein Vater hat dich immer zur Bushaltestelle gebracht, aber meistens war der so besoffen, dass er sich gegen die Übermacht sadistischer Kinder auch nicht wehren konnte.

Mit seinem rostigen Damenrad fuhr er in schlingernden Linien wieder nach Hause und ließ dich alleine dort stehen. Brüllend und um dich schlagend. Du hattest Kraft, das muss man dir lassen. Aber so richtig hast du das nicht gewusst, wie ein kleiner Elefant. Die wissen auch nicht, wie stark sie eigentlich sind. Du wärst aber auch zu dumm gewesen, deine Schläge und Tritte effizient einzusetzen.

Du hast auch so komisch gerochen, die lockigen Haare fettig wie mit Öl gewaschen, die alberne Dickenjeans so dreckig, dass man ihre Farbe nur noch ahnen konnte.

Du hast so unglaublich viel Fläche für Angriffe geboten. Dein Aussehen, deine Dummheit, deine Eltern. Jeder Schuss ein Treffer.

Wir asozialen Heimkinder, die Verwahrlosten aus Trinkerfamilien in der Antoniusstraße, wo in den Blocks alle naselang ein Penner in seinem Ein-Zimmer-Loch verreckte und dann dort wochenlang lag und stank – alle hatten dich zum Opfer. Weil wir, egal wo wir herkamen und wie dumm wir auch sein mochten, immer noch besser waren als du.

In der Zeit, als ich das mitgemacht habe, warst du mein Ausgleich. Das, was die anderen mit mir gemacht haben, habe ich dir 1:1 weitergegeben, das brachte mir kurzweiligen Respekt ein. So lange, bis du zu langweilig wurdest und man wieder ein flinkeres Opfer brauchte.

Ich hatte wirklich nie ein schlechtes Gewissen, ich habe gedacht, dass so was ganz normal ist. Ich habe mich vor dir geekelt, du warst mein Feindbild. Dick und dumm und alles mögliche, aber immer noch mit Eltern. Egal, wie unnütz die waren.

Dann hast du angefangen, für uns eine Show abzuziehen. Hast dich schlagen lassen, dich nicht mehr gewehrt, hast dich sogar damit gebrüstet, was du alles aushalten kannst. »Guckt mal, tut ja gar nicht weh!« Du hast dir Zigaretten auf dem Arm ausgedrückt. Komisch, dass ich mir diese Tricks nie bei dir abgeschaut habe.

Irgendwann ist deine Mutter gestorben. Ich bin mir nicht sicher, ob du das verstanden hast.

Du warst nur dreckiger als sonst, aber ansonsten hat man nicht viel davon bemerkt. Zu der Beerdigung kam auch niemand, das hat uns dein Vater mal zugeschrien, als er ganz weiß vor Wut nicht mehr weiterwusste. Ich erinnere mich genau daran.

Der alte Sack war nun nur noch besoffen, randvoll bis zur Hutkrempe. Manchmal hing er windschief auf einer Leiter vor dem Haus und wusch die Scheiben mit alten Unterhosen. Dafür haben wir dich ausgelacht und dann doch noch mal verprügelt, aber wie gesagt, nach ein paar lustlosen Pferdeküssen hatten wir die Schnauze voll. Wir brauchten andere Opfer, die wenigstens noch spürten, was man mit ihnen anstellt.

Nur ab und an, wenn uns allzu lahm wurde, trafen wir uns bei dir vorm Haus und warfen mit unreifen Äpfeln auf die einfach verglasten Fenster.

Dein Vater und du, ihr saßt drinnen und kamt nicht mehr raus. Es hätte sowieso nichts genützt. Manchmal rief er noch die Polizei, aber wenn die überhaupt kam, waren wir schon längst wieder über alle Berge.

Aus irgendeinem Krimi hast du aufgeschnappt, dass man in Amerika »Sir« und »Mister« sagt, und hast dann die Polizisten so angesprochen. Manchmal haben wir uns das aus einem Versteck in der Hecke angeguckt. Du arme Sau, echt.

Ich weiß nicht, was aus dir geworden ist. Ich zog weg. Vielleicht bist du mit deinem Vater vor dem Holzofen sitzen geblieben, da festgewachsen und irgendwann einfach gestorben, zwischen Dosen mit vergammeltem Tomatenhering und leeren Flaschen Underberg.

Pissnelkenblues

»Wir mögen hier nicht so gerne fremde Leute!«, unterbricht mich eine entenhafte Stimme, als ich auf dieser Party versuche mit ein paar Frauen ins Gespräch zu kommen.

Diesen Satz hätte ich eher in einem Saloon erwartet, oder vielleicht in einer Dorfkneipe in Sachsen-Anhalt. Aber nicht in einer WG in Berlin. Dementsprechend sparsam gucke ich wohl aus der Wäsche. Der Frau, die das sagt, fehlen nur noch ein Streichholz im Mundwinkel und ein speckiger Hut.

Ich denke, dass ich mich nach dem Genuss von recht abenteuerlichem, selbstgemachtem Kaffeelikör vielleicht verhört habe, und sie ganz sicher falsch verstehe. Ich versuche es mit einer mittelmäßigen Antwort.

»Ich bin keine Fremde, ich habe mich doch vorgestellt! Mein Name ist ...«

»Lass' es bleiben, wir mögen hier keine Fremden!«, fällt mir die Ente wieder ins Wort.

Ich verstehe die Welt nicht mehr. Da fehlt nun wirklich nur noch: *Diese Stadt ist nicht groß genug für uns beide.* und eine Einladung zum Duell im Morgengrauen auf dem Alexanderplatz.

Habe ich was Falsches gesagt? Die falschen Klamotten an? War einer meiner Witze vielleicht doch zu unterirdisch? Passt ihr einfach meine Nase nicht?

Darüber sinnierend gehe ich auf den Balkon, um noch mehr Schnaps zu trinken und eine zu rauchen, im Vorbeigehen küsse ich meinen Freund auf die Backe.

Aus dem Wohnzimmer dröhnt schlimme Rockmusik. So schlimm, dass sie sogar beim recht anspruchslosen Musikpublikum in Ostfriesland keinen Anklang mehr finden würde. Ich bin etwas irritiert. Außerdem habe ich Heimweh. Oder eher Menschenweh. Ich vermisse meine Homies.

Nicht, weil ich zurückklästern will, sondern weil die so herrlich unanstrengend sind. Und kein bisschen stutenbissig. Bisher habe ich mit so was noch nie Erfahrungen gemacht.

Elf Stunden Autofahrt habe ich hinter mir, kenne außer meinem Freund und seiner Schwester niemanden und möchte mich doch einfach nur ein wenig unterhalten, denn obwohl ich aus der Provinz komme, lerne ich sehr gerne Leute kennen. *Wir mögen hier keinen Fremden*, ich fasse es nicht.

Ich kann von hier aus Frau Ente lebhaft gestikulieren sehen.

Sie deutet in meine Richtung und macht nicht mal den Versuch so zu tun, als ob sie nicht über mich spricht. Die Weiber in der Runde lachen sich tot. Muss ja ein großer Spaß sein.

Ich fühle mich doof. Und finde mich doof, weil mir diese platzhirschige Pissnelkerei doch etwas nahegeht.

In meinem besoffenen Kopf würde ich gerne schreien *Nun habt mich mal alle lieb, ich bin echt total nett!*, weil ich so sentimental und dünnhäutig bin.

Was soll ich tun, mich wieder dazusetzen und die offensichtlich feindliche Stimmung mir gegenüber ignorieren? Mich anbiedern? Igitt. Dann doch lieber auf dem Balkon stehen und weitertrinken. Ich will mich auch nicht blöd an meinen Freund wanzen, weil ich eigentlich sehr gut selbst für mein Entertainment sorgen kann. Mein Getränk ist leer und um mir etwas Neues zu besorgen, muss ich wohl oder übel in die Küche.

»Du bist ja immer noch da!«, begrüßt mich Frau Ente.

»Äh, ja. Wo soll ich denn auch hin? Ich komme nicht von hier!«

»Wir mögen keine Fremden!« Frau Ente zeigt sich nicht besonders kreativ in ihrem Satzbau. Sie hätte das ja wenigstens mal variieren können. *Fremde mögen wir hier nicht*, oder auch mit einem hübschen Reim. *Unbekannte Frauen wollen wir verhauen!* oder so.

Ich versuche ihr klarzumachen, dass ich sie schon verstanden habe, und frage sie, was ihr Problem mit mir ist.

»Mein Problem? Mein Problem? Als ob du das nicht am besten wüsstest!« In meinem Kopf bilden sich Girlanden aus Fragezeichen.

Ich schenke mir einen Schnaps ein und gucke sie an.

Hämisches Gelächter am Küchentisch.

Das grenzt nun wirklich an das Großepauseärgern in der fünften Klasse, als man auf dem Schulhof als Neuling noch die Backen zu halten hatte, wenn die Großen aus der Zehnten sich unterhielten.

»Du kommst hier kackendreist rein, trinkst nebenbei noch unseren Schnaps und fragst mich, was mein Problem ist? Du?«

»Ich trinke nicht euer Zeug, ich hab das hier selbst mitgebracht!« Meine Stimme zittert etwas, ich habe Angst, dass Frau Ente mir eine knallt oder mir wenigstens meinen Drink über den Kopf schüttet.

Hilfe, Hilfe denke ich.

Ich finde das alles einfach unfair.

Das ist wirklich wie früher, als man noch klein und schwach war und sich gegen die großen Meinungsmacher auf dem Pausenhof nicht wehren konnte.

Wenn der Oberboss gesagt hat, du bist scheiße, dann warst du scheiße. Und Backenfutter gab's. Fertig, aus.

Aber das ist doch zehn Jahre her, ich befinde mich auf einer Party in Berlin, das da sind Frauen um die dreißig!

Mir glitzern schon verräterisch die Augen, also sehe ich zu, dass ich aus der Küche komme.

Soll ich zu meinem Freund gehen und petzen? Oder dieses Verhalten einfach auf Frau Entes Schnapsbirne schieben?

Ich höre die Pissnelken noch auf dem Balkon lästern.

»Ha, Kathrin. Der hast du's aber gezeigt!«, schreit eine.

»Was hat der sich denn da für eine gesucht?«, die andere.

Und »Die braucht sich gar nicht so toll fühlen!« die nächste.

Wie kann man denn nur so verbiestert sein? Ich weiß wirklich nicht, was ich denen getan habe.

Mir würde diese Situation nicht so nahe gehen, wenn ich ein bisschen Unterstützung hätte.

Und ich fühle mich nicht toll, ganz und gar nicht. Ich fühle mich rückgratlos wie eine Bockwurst, und irgendwie alleine. Scheiße. Und hier soll ich auch noch schlafen! Bestimmt unterm Küchentisch oder in der Badewanne.

Soll ich reingehen und auch einfach gemein zu denen sein? So richtig schön oberflächlich über körperliche Mängel und so was herziehen? Aber das ist weder mein Stil, noch möchte ich es riskieren, von der versammelten Weibermannschaft Ohrlaschen zu kassieren.

Ich könnte mir das hier gut vorstellen. Wie in einem miesen Film, in dem der Loser in der Mitte steht und von den Geilies rumgeschubst wird.

Ich frage mich, was in Kathrin vorgeht. Stress im Job, Liebesfrust, pure Lust am Ekeln, Komplexe, das ganze Repertoire.

An der Hassfront in der Küche scheint sich etwas zusammenzubrauen, ich sehe die Pissnelken feixen und lachen. Dann macht sich eine Delegation von drei Frauen auf in Richtung Balkon.

Kathrin in der Mitte, links und rechts wahrscheinlich die beiden nächsthöheren in der Hackordnung.

Die Tür geht auf.

»Jetzt sag' uns mal, was du hier willst. Du hast doch schon genug angerichtet!«

Angerichtet? Wann denn? Hilfe!

»Aber wenn du schon so feige auf dem Balkon stehst, möchten wir dir noch jemanden vorstellen.«

Hinter den dreien kommt ein graues Persönchen hervor. Vielleicht fünf Jahre älter als ich, zierlich und adrett gekleidet. Neben ihr komme ich mir vor wie ein schlecht gekleideter Elefant.

»So. Das ist Sandra. Klingelt es?«

Wie, was Sandra. Ich kenne die Person nicht und weiß immer noch nicht, was das alles hier soll.

Das sage ich denen auch. Und so langsam habe ich es hier auch echt satt.

»Ich kenne dich nicht, Sandra«, sage ich wahrheitsgemäß.

»Ach, tu doch nicht so. Weißt du, mir ging es wegen dir echt beschissen. Und ... mir geht es immer noch sehr schlecht!«, sagt Sandra. Ihre Stimme ist so kraftlos und zitterig, als hätte sie vor dieser Party eine stundenlange Operation hinter sich gebracht. Mindestens.

»Ich war echt lange in den Karsten verliebt und bin es eigentlich immer noch.« (Theatralisches Seufzen von Sandra, mitfühlende Blicke der Pissnelken, Rückengetätschele.)

Oh Gott! Mir dämmert, was hier los ist.

Das kann doch nicht *die* Sandra sein. Die halbirre Stalkerin, die nach einer alkoholintensiven Nacht vor Jahren mal mit meinem Freund im Bett war. Das hat er mir mal beiläufig erzählt. Was dem folgte, war dann nicht mehr ganz so beiläufig, sondern knapp an der Grenze zur Strafbarkeit. Telefonterror und der ganze Quatsch, wie es sich RTL2 nicht besser hätte ausdenken können.

Daher weht der Wind. Und dazu der ganze Aufriss.

Sandra schluchzt.

»Ich hatte ihn fast so weit, und dann kommst ... du, und nimmst mir einfach weg, was ich mir mit ihm aufgebaut habe.«

Aufgebaut? Ja, er hat sich was aufgebaut. Nämlich fast eine Alarmanlage.

»Und ... und, ich bin sicher, dass er dir von mir erzählt hat, und dann ... kommst du hier rein und knutschst pausenlos vor meinen Augen mit ihm rum, um ... mir noch eins reinzuwürgen!«

Ich bin kein großer Öffentlichkeitsknutscher, gemeint ist sicher der Kuss im Vorbeigehen auf die Backe meines Freundes. Woran man schön festmachen kann, dass die gute Sandra zu Übertreibungen neigt.

In ihrer nun folgenden Darstellung der Dinge klingt es, als hätte ich ihr den Mann quasi vorm Standesamt geraubt. Mit bescheuerter Zorro-Maske und mindestens zwei Meter langem Schwert.

Jetzt verstehe ich auch Frau Ente und den Rest der Bagage. Was heißt verstehen, ich kann ihre Handeln einigermaßen und sehr grob irgendwie nachvollziehen.

Aber ist das nicht ein bisschen viel weiblicher Zusammenhalt? Kann denn nicht eine von denen vernünftig denken und sprechen, und mich mal nach meiner Meinung zu dem ganzen fragen? Loyalität schön und gut, aber wenn mir eine Freundin sagt, dass der und dieser total doof und ätzend ist, finde ich das nicht zwingend ebenso.

Und warum konnte Sandra mir das nicht direkt selber erzählen, warum musste sie diese ganze Aufhetznummer abziehen?

Karsten, offenbar auf der Suche nach mir, kommt auf den Balkon und sieht das Malheur.

Es fehlt nur noch, dass Sandra etwas sagt wie *Du gemeiner Schuft!*, nur um dieser Groschenroman-Situation noch die Krone aufzusetzen.

Er durchschaut das alles sofort.

»Oje. Sandra. Hallo, ich wusste nicht, dass du auch hier bist.«

»Ich hoffe du weißt, was du aufgegeben hast, Karsten!«, schmalzt Sandra.

Und er tut, was in dieser Situation am Besten ist. Er lacht sich scheckig. Beleidigt marschieren die Pissnelken vom Balkon.

»Du hättest dir wenigstens eine Dünne suchen können!«, muss Frau Ente noch piesacken, dann ist aber endlich Ruhe im Karton.

Ich trinke meinen Schnaps und schildere Karsten knapp die Geschehnisse.

Er war auf den Balkon gekommen, um mir zu sagen, dass wir bei einem anderen Freund schlafen. Ich bin sehr erleichtert. Sandra oder Frau Ente hätten mich sonst vielleicht nachts mit Panzertape in meinem Schlafsack eingewickelt. Oder mit mir sämtliche Klassenfahrtsstreiche durchexerziert, mit Hand ins warme Wasser halten und gucken ob man lospullert. Oder Schlimmeres.

Den Rest der Nacht verbringen wir mit ein paar guten Leuten, die auf den Partystress auch keine Lust mehr hatten, in schönen, schäbigen Eckkneipen, in denen ich nicht einmal höre, unerwünscht, weil fremd zu sein.

Unten mit Tequila

Aufwachen. Noch mit geschlossenen Augen und völlig regungslos spüre ich, dass mein Kater von einem anderen Stern ist. Und dann dieser fürchterliche Geschmack im Mund. Als hätte jemand in schalem Bier getränkte Kippen auf meiner Zunge ausgedrückt.

Ich liege in muffeligen, klammen Laken, das Kopfkissen stinkt nach Schweiß und ranzigen Haaren, die Bettdecke nach diversen Bumsgeschichten vor mir. Die Ahnung von einem fiesen Nuttenparfum ist noch auszumachen. Ich verstehe Männer nicht, die in »Jovan« gebadete Frauen abschleppen. Noch schlimmer wäre Patschuli. Muss in diesem Fall aber schon Wochen zurückliegen.

Worauf liege ich denn hier? Krümel, Placken, Krusten. Widerlich.

Ich würge, kriege den Brechreiz knapp unter Kontrolle.

Ich traue mich nicht, die Augen aufzumachen. Dieser Kopfschmerz.

Aber ich muss pinkeln und ich habe Durst, lange halte ich das nicht mehr aus.

Wer atmet da eigentlich neben mir? Die Neugier ist stärker als das Gewitter im Gehirn, vorsichtig öffne ich ein Auge.

Ein winziges Zimmer, das Poster an der Wand kommt mir bekannt vor.

Der Mann schläft, tief vergraben unter einer Bettdecke, die noch verwahrloster aussieht als die, aus der ich mich jetzt schäle.

Meine Güte, ich bin bei dir. Aber was ist hier bloß passiert? Was muss mit dir passiert sein? Deine Wohnung, die totale Achtlosigkeit.

Ich schaue unter meine Decke auf der Suche nach Anhaltspunkten, die eine Rekonstruktion des Abends ermöglichen, selbst wenn sie das *Warum* wohl auch nicht erklären werden. Ich trage noch Unterwäsche, verdreht und verknuddelt.

In der Ritze zwischen Wand und Bett liegen etliche verbumste Kondomhüllen. Die sind sicher nicht von gestern, und hoffentlich nicht noch die aus unserer Zeit.

Ich stehe auf und gehe ins Badezimmer. Ich bin keineswegs nüchtern. Wie spät mag es sein, wie lange habe ich in diesem keimigen Bett gelegen?

Auch im Badezimmer ist es dreckig. Ein Wäschekorb, aus dem vom oberen Rand noch gut ein Meter schmutziger Wäsche steht und stinkt. Graue, ehemals weiße Fliesen, auf denen sich Haare und anderes Zeug in wirren Mustern kringeln. Ich stehe mit nackten Füßen in gemischten Schamhaaren.

Auf der Waschmaschine, dem Klo gegenüber, steht ein randvoller Aschenbecher. Der stand hier früher auch schon, aber in diesem knappen halben Jahr, in dessen Verlauf wir uns nicht mehr gesehen haben, ist er sicher nicht mehr geleert worden.

Ich setze mich auf den Toilettendeckel und versuche mich zu erinnern, wie ich hier gelandet bin.

Unsere Affäre, was für ein Blödsinn. Keiner von uns beiden war in einer Beziehung, als wir angefangen haben miteinander zu schlafen. Oder es zu machen. Mit Liebe hatte das nun wirklich nichts zu tun.

Deine Geilheit und meine Einsamkeit waren für ein paar Monate ein sehr gutes Team. Mein fragiles Selbstbewusstsein hat sicher auch seinen Teil dazu beigetragen, sonst wäre mir die Sache mit der Geheimhaltung sicher zu beknackt gewesen.

Aber ich wollte Nähe, nicht alleine schlafen müssen, in dieser Zeit des Umbruchs, ohne festes Zuhause. Immer nur Besuch überall sein, der ewige Gast. Ich brauchte einfach einen Ort, an dem ich sein konnte, der nicht Krankenhaus war.

Dafür habe ich es mit dir gemacht, Nutte und Psychoalte in Personalunion. Hin und wieder hatte ich auch Bock, aber meistens habe ich dir einfach einen Gefallen getan, die Gegenleistung für deine offene Tür und den Schlafplatz. Ablenkung, irgendwo zwischen deiner nervigen Körperlichkeit und SpongeBob Schwammkopf im Fernsehen. Lieblose Nummern und das Wort *Dissoziation* verstehen lernen.

Ich habe schon am ersten Abend gewusst, dass ich die Sache beende, sobald ich nicht mehr auf dich angewiesen bin, sobald ich den Weg in mein Leben zurückgefunden habe.

Ich habe dein hohles Gelaber so oft es ging einfach ignoriert, aber auch wenn ich wusste, dass du nicht grade die hellste Kerze auf der Torte bist, brauchte ich dich und deine Gesellschaft.

Dann hast du mich im Krankenhaus besucht, einmal in sechs Monaten, in der Hoffnung, mich im Badezimmer zu ficken.

Du hast gebettelt und gejammert, schon allein wegen der Fahrkarte, und ich habe dir schließlich ziemlich unmotiviert einen runtergeholt.

Und mich dabei gefragt, was ich eigentlich tue. Und mit wem. Und für wen.

Der Punkt, an dem ich mir sicher war: Nie wieder.

Als ich dich zum Klinikausgang gebracht habe, war mir ganz zitterig, mein Blut ausgetauscht durch Batteriesäure, die sich durch meine blanken Nerven fraß.

Noch im Krankenhaus suchte ich mir eine Wohnung in einer anderen Stadt. Ich wollte mir etwas Neues aufbauen, mit all der neuen Motivation, die jetzt in mir drin war. Alles hinter mir lassen, nie wieder in eine solche Situation kommen, nie wieder Gegenleistungen erbringen müssen.

Jetzt bin ich hier zu Besuch, mein altes Leben hat mich schon wieder mehr im Griff, als es gut für mich ist.

Wir haben uns gestern Nacht in einer Kneipe getroffen und schnapsselig dachte ich vermutlich, dass es mit dir eigentlich gar nicht so schlecht war. Ich war immer so froh, nicht alleine zu sein. Dein furchtbares Gesülze, dein noch schlimmeres Halbwissen, das Klugscheißen, dein Wahn, mir alles in deiner Wohnung, inklusive der Wocheneinkäufe an Lebensmitteln persönlich vorzustellen, egal, egal, egal.

Jetzt sitze ich wieder in deiner vermüllten Wohnung, in diesem zugesifften Badezimmer und sehe, dass du den gleichen Abstieg hinlegst, den ich schon hinter mir habe. Ich erinnere mich bruchstückhaft an ein paar Dinge, die du mir gestern Nacht erzählt hast. Job weg, Freunde weg, alles weg. Deine neue Freundin war auch nicht von Dauer. Du hast gestern gesagt, dass du bei ihr im Bett das Gefühl hattest, sie würde dir was vormachen. Das konntest du nicht mehr aushalten. Gegen die Wirkung dieser Äußerung musste ich Schnaps trinken. Ob ich mit zu dir kommen kann, hast du gefragt und erwähntest beiläufig, dass es bei dir etwas unordentlicher sei als früher, ich solle mich nicht erschrecken. Du wärest so froh mich zu sehen, endlich jemand, mit dem du reden kannst. Dir ginge es derzeit nicht so gut, ob ich noch diese Tabletten habe, die könnten dir vielleicht helfen. Überspielendes Lachen, kleinlauter Blick.

Vielleicht brauchst du mich, wie ich dich gebraucht habe.

Der Schnaps, scheinbar nicht gänzlich verdaut, bahnt sich seinen Weg nach draußen. Ich kotze in dein Waschbecken, weil ich mich nicht traue, die Klobrille hochzuheben.

Ich spucke fast reinen Tequila. Dass wir uns den noch angetan haben, dass wir uns gegenseitig diese Nacht zugemutet haben …!

Dann wasche ich mir mein Gesicht so gut es eben geht, benutze mein Unterhemd als Handtuch und schmiere mir Zahnpasta in den Mund. Für die Benutzung einer der vielen Zahnbürsten fehlt mir der Mut.

So leise wie möglich suche ich meine Klamotten zusammen und ziehe mich an.

Du schläfst einen halbkomatösen Schnapsschlaf.

Für einen Augenblick stehe ich in der Mitte der Ein-Zimmer-Wohnung, mein Blick gleitet über leere Pizzakartons, verschimmeltes Geschirr, das sich im Spülbecken stapelt, das dreckverkrustete Laminat, das Heer von Pfandflaschen. Ich bin mir sicher, dass du die Bettwäsche nicht mehr gewechselt hast, seit ich meine Sachen geholt habe, und du in lauter Vorfreude auf eine letzte Nummer aufgeräumt und das Bett neu bezogen hast. Vor über sechs Monaten.

Asti hast du da besorgt, Asti und Vanilleduftkerzen. Beides konnte ich noch nie leiden.

Ich nehme aus Versehen einen zu tiefen Atemzug von diesem unfassbaren Mief, aber bevor ich wieder kotzen muss, habe ich die Tür schon hinter mir zugezogen.

Ich lasse dich alleine mit der Armee von Fruchtfliegen.

Was auch immer geschehen ist, wie auch immer du dich so runtergewrackt hast – ich kann dir dabei nicht helfen.

Fliegen

Schorsch erwachte an diesem Morgen von seinem eigenen Mundgeruch. Das passierte ihm öfter in letzter Zeit, irgendwas war mit seinem Magen nicht in Ordnung. Oder mit seiner Leber. Oder der Zunge? Wer weiß das schon.

Keine Minute länger würde er diesen brackigen Geschmack im Mund noch aushalten. Er schälte sich aus seinem muffigen Bettzeug, das auch schon andere Zeiten gesehen hatte. Bessere vermutlich nicht.

Für einen Moment saß er auf der Bettkante, den Kopf zwischen seinen Händen, den Blick auf seine ungepflegten Füße gerichtet. Zehennägel schneiden müsste er mal wieder. Aber das würde bedeuten, dass er nach dem Nagelknipser suchen müsste. *Interessiert doch keine Sau*, sagte er sich wie schon an einhundert Morgen vorher. Er stand auf, ging mehrmals die Regale voller Schrott im Flur touchierend und dabei leise fluchend in die Küche.

Eierkratzend machte er sich seinen Cowboykaffee. Früher fand man ihn deswegen gar cool. Aber auch nur wegen dem

Wort *Cowboy*. Schorsch war so uncowboyhaft wie man nur sein konnte, sogar den ewigen Zahnstocher in seinem Mundwinkel hatte er sich abgewöhnt, den hatte er einst gebraucht, um seinen Mund mit irgendetwas zu beschäftigen.

Zuvor hatte er sich eine Gewohnheit zur Eigenart gemacht, die in seiner Umwelt auf wenig Gegenliebe stieß. Er leckte an Scheiben, mit Vorliebe in Fahrzeugen des öffentlichen Nahverkehrs. Er war überzeugt, so könne er die Spuren anderer Menschen verfolgen und in sich aufnehmen, ihren Geruch, ihren Schnött, wenn sie zum Beispiel geniest hatten, oder auch ihre Aura. Damit wurde er stadtbekannt, wegen seiner Uneinsichtigkeit, dieses Verhalten doch einzustellen, aber auch sämtlichen Bussen und Bahnen verwiesen. Auf Lebenszeit.

Schorsch war schon immer seltsam gewesen, keine Frage. In der Psychiatrie mussten sie deswegen grinsen.

Neuerdings jedoch arteten seine Wahnvorstellungen und Gedanken aus. In eine Richtung, die zwar niemandem wehtat, die zu akzeptieren aber kein Menschenkind in seinem Umfeld bereit war.

Angefangen hatte es vor ein paar Monaten. Schorsch wollte seinen Lieblingssessel auf den Balkon bugsieren, scheiterte jedoch an der Monstrosität des Möbelstücks, zumindest in Relation zur Breite der Balkontür. Das passte nämlich nicht.

In seinem Kopf manifestierte sich ein Gedanke betreffend einer Verschwörung zwischen Klappstuhlindustrie und Plattenbauarchitekten. *Das machen die doch mit Absicht! Damit der unbescholtene Bürger gezwungen ist, sich alle naselang Klappstühle von minderer Qualität zu kaufen.*

So fing er an, Beschwerde- und Drohbriefe an den Verbraucherschutz, verschiedene Architekten und schließlich auch Klappmöbelfabrikanten zu schreiben.

Pausenlos belästigte er die wenigen Freunde, die ihm geblieben waren, ihm doch zuzustimmen, Petitionen zu unterschreiben, selbst zu Hause auszumessen und dann seine These zu stützen.

Man wandte sich genervter denn je von ihm ab. Sogar seine Mutter, die hin und wieder bei ihm nach dem Rechten sah, was in erster Linie bedeutete, Schorsch und seine Wohnung zu entlausen und zu entkeimen, brach den Kontakt ab. Schorschs Menschenbild wurde rissig wie alte Windowcolorgrässlichkeiten an Kindergartenfenstern.

Ein ums andere Mal stellte er seiner Mutter nach, terrorisierte sie mit Anrufen, um sie schließlich, völlig gefangen in seinem Irrenhirn, vor einer Bäckerei zu stellen. Laut schrie er sie an, in einem fort und so lange, bis der Krankenwagen kam, den ein Beobachter in seiner Not und Hilflosigkeit gerufen hatte. *Auch Hitler hatte eine Mutter! Sogar der!* Seine Mutter nahm, bleich vor Schreck und Scham, nur im Umkehren wahr, wie man Schorsch mit Hilfe zweier Sanitäter niederrang, um ihn in die nächste Psychiatrie zu bringen. Sie verlor nie wieder ein Wort über ihn.

Schorsch jedoch, nach monatelanger Behandlung mit hochpotenten Produkten der Pharmaindustrie, wurde, nachdem er auf einem mittleren Niveau stabilisiert worden war und man versucht hatte, seinen Wahn zu verstehen und dessen Ursache zu erkennen, entlassen. Eine Diagnose konnte niemand so richtig stellen, man beließ es dabei, Schorsch mit seinen Tabletten zurück in den Alltag zu schicken. Eine Gefahr stellte er noch nicht dar, nicht für sich und für niemanden sonst.

Nun war Schorsch also wieder Herr über sein Leben, über seinen Verstand aber nur sehr oberflächlich.

Gedankenversunken stand Schorsch also in seiner krustigen, keimigen Küche. In sein fettiges Küchenfenster rieb er eine Art Guckloch, aber mehr aus Langeweile, denn die Außenwelt interessierte ihn kaum. *Alle umbringen*, das war das einzige Bedürfnis, welches zu fühlen er noch in der Lage war. Nieder mit der Menschheit, die vermisst doch eh keiner.

Draußen gab es nichts zu sehen außer der Dürre und pflaumigen alten Menschen, denen die Hitze scheinbar auch nicht so recht bekam.

Schorsch drehte sich um und ließ seinen Blick über das Chaos in der Küche schweifen. Unzählige Fliegen verschiedener Größen labten sich an dem schimmeligen Stelldichein, das sich in der Spüle und auf allen Flächen zusammengefunden hatte. Riechen konnte er den Dreck nicht mehr, er war schon zu sehr mit ihm verwachsen.

Da, jetzt brach eine grünlich schimmernde Schmeißfliege aus dem Gewirr aus und nahm Platz an Schorschens Ohr. Vor Schreck kieksend ließ er sein Kaffeegebräu fallen und fuchtelte nach dem Insekt. Doch zu spät. So viel er auch bohrte und stocherte, die Fliege hatte sich in seinem Gehörgang häuslich eingerichtet. Sie war nicht mehr herauszubekommen. Jemand anderes als Schorsch wäre sicher schnurstracks zum nächsten Arzt gegangen, Ohr ausspülen, fertig, aus.

Wie wir Schorsch aber nun kennengelernt haben, war das Naheliegende, das Normale, seine Sache nicht.

Unablässig brummte Schorsch nun der Kopf. Ob er wachte oder schlief, er vergaß darüber alles. Seine Medikamente, seine Grundversorgung, die Realität.

In seinen Gedanken machte sich eine Angst breit, die ihn lähmte. Was, wenn die Fliege nun Herr seines Denkens und Handelns geworden ist? Was, wenn sie die Wurzel neueren Übels ist? Würde sie gar Eier legen, in ihn hinein?

Tagelang ging das so. Immer tiefer nistete die Idee der Fliegenkontrolle. Was wäre, so dachte er, wenn der Rest der

Menschheit oder wenigstens die Population seiner Heimatstadt ebenso heimgesucht worden ist wie er?

Ein Plan gärte in Schorsch. Ob von ihm oder der Fliege, wer kann das schon sagen.

Wenn nun viele Menschen das gleiche Schicksal ereilen würde, und sagen wir mal, jede zehnte Fliege zur Gedankenzersetzung in einem Ohr landete, wie viele bräuchte er dann, um die elende Menschheit von ihrem Tun abzubringen? Von ihren ewigen Meinungen, von ihren Milchkaffees und ihrer Kneippgymnastik, von Vermehrung und Trauer. Wie herrlich, wenn das gesellschaftliche Leben zum Erliegen käme, weil die Menschen mit brummenden Köpfen in ihren Häusern blieben, wie einfach würde dann alles werden! Sanft in den Schlaf gesummt, alle anderen Gedanken und Eigenschaften träten in den Hintergrund, der Fokus allen Seins läge nur noch auf der eigenwilligen Schönheit schillernder Fliegen. Eine wunderbare Welt mochte das werden. Und an die Maden würden sie sich auch schnell gewöhnen.

Ey, Fliege! Ich hab's kapiert, aber wie machen wir's?

Der Humus seines Vorhabens lag ihm direkt vor seinen Füßen. Denn wenn er über etwas verfügte, dann waren es Schimmel, Verderb und Gestank. Ein idealer Nährboden zur Fliegenzucht. Und das ging praktisch von allein.

Mit der letzten Kraft seines Humanverstandes lief Schorsch in den nächsten Supermarkt, um möglichst viele Lebensmittel nahe ihres Ablaufdatums einzukaufen.

Damit dekorierte er seine Wohnung. Er brauchte nur noch abzuwarten. Doch wann und vor allem wie sollte er seine Heerscharen von Fliegen in die Außenwelt entlassen? Er entschied sich für den 17. September. Einfach nur so.

Täglich kontrollierte Schorsch die Vermehrung seiner Fliegenarmee. *Nicht genug!* murmelte er in seinen verkrusteten Bart. *Nicht genug, niemals genug!*

Die Fliegen schienen ihm doch sehr vermehrungsfaul, was vielleicht an der allmählichen Verknappung der Nahrung liegen konnte. Doch Schorsch traute sich nicht mehr aus seiner Wohnung, aus lauter Angst, dabei zu viele Fliegen in die Umwelt zu entlassen und vorzeitig entdeckt zu werden. Er hatte alle Türen und Fenster hermetisch mit Klebeband abgedichtet, die Fensterscheiben, vorher ohnehin schon fast undurchsichtig, mit Batiktüchern aus seiner Hippiezeit verhängt.

Sollte jemand etwas ahnen? Lieber nichts riskieren, aber das stellte ihn vor das Problem der Nahrungsbeschaffung.

Schorsch überlegte. Ja, so müsste es gehen. *Ich opfere mich für die gute Sache.*

Den Rest würden über kurz oder lang schon die Nachbarn erledigen.

Schorsch gab sich selbst als Futter her. Mit einem großen Fleischmesser schnitt er sich Stücke aus seinem Körper. Zuerst aus dem Bauch. Die legte er den Fliegen zum Fraß vor. Es dauerte nicht lange, bis sie sich über Schorschs Gaben hermachten. Aber: *Nicht genug! Nicht genug!*

Er konnte immer noch zu viel von seiner Tapete sehen, noch immer ließen sich die Schemen seiner Einrichtung unter den wimmelnden Schwärmen erkennen.

So ließ er sich, als ihm keine andere Möglichkeit mehr einfiel, auf seinen Sessel sinken. Schorsch, ein einziges Geschwür aus entzündeten Wunden und fehlenden Extremitäten (er war doch etwas zu weit gegangen), hielt einen Moment inne und öffnete dann seinen Mund.

Und wirklich, der Geruch, den Schorsch verströmte, ein Dunst aus Verwesung und Fäulnis, der alles je Dagewesene an Gestank übertraf, brachte einige hundert seiner Mitbewohner dazu, sich an ihm zu nähren, ihre Eier in seinen grauenhaft stinkenden Rachen zu legen. In den eitrigen, faulenden Löchern seines Körpers verrichtete schon die Nachkommenschaft der ersten Generation schmatzend ihr Geschäft.

Geschafft, fast geschafft. Schorsch machte es nichts mehr aus, dass er von innen zerfressen wurde. Aber es dauerte doch ganz schön lange, dieses Sterben.

Schließlich, vielleicht eine Woche später, schafften ein paar Maden den Durchbruch in sein Gehirn.

An diesem Tag, gegen Mitternacht, explodierte sein Hinterkopf. Schorsch war nicht mehr.

Als dann endlich die Staatsmacht kam und seine Tür aufbrach war es so weit: Millionen von Fliegen strömten, schwirrten, brummten aus der Wohnung, besetzten Straßen und Menschen und Häuser, um endlich Schluss zu machen mit all dem Sein und Haben und Wollen und Müssen, sie nisteten in Nasenlöchern und Bauchnabeln, in Ohren natürlich und im Zahnfleisch. Sie piesackten die Menschen, machten sie verrückt und zappelig, bereiteten Furcht und noch häufiger Schmerzen, wir wissen ja, wie es Schorsch ergangen ist.

Ein Jahr später gab es die Gesellschaft nicht mehr. Nur noch schwarze Schwärme, ein paar Halblebendige vielleicht noch, und viele, sehr viele fein säuberlich abgegessene Skelette.

Schorschens Werk war vollendet.

Folgende Geschichten dieses Bandes sind bereits veröffentlicht worden:

Jan Off:

- »Abdrift« in »How I fucked Jamal« (Milena Verlag, Wien 2010)

- »Zonenrand – Schlaraffenland: 0:6« in »Leck mich am Leben« (Verlag Neues Leben, Berlin 2012)

- »Abbrucharbeiten im Bootcamp der Zweisamkeit« in »Heiraten schön trinken« (Milena Verlag, Wien 2013)

- »Judgement Day, Digger!« (ursprünglicher Titel: »Merkel-Jugend«) in »Diene der Party«, Begleitbuch zum gleichnamigen Tonträger der Band Pascow.

Steffi Love:

- »Fliegen« in »Diene der Party«, Begleitbuch zum gleichnamigen Tonträger der Band Pascow.

FELIX SCHARLAU
FÜNFHUNDERTEINS

1991 in der schwäbischen Provinz. DJ Moonshine will den Weltrekord im Dauer-Auflegen brechen. Keine gute Idee. Denn der liegt bei 500 Stunden am Stück. Während seiner Strapazen führt er ein Tagebuch, das zwei Jahrzehnte später bei einer Wohnungsauflösung gefunden wird. Was ist passiert?
Ein Adoleszenz-Roman über Karrierepläne aus dem Kaugummiautomaten. Über dialektüberwindende Liebe, Drogenkater und den großen Traum in uns allen – endlich mal in der Limousine hinter eine Mehrzweckhalle gefahren zu werden.

„Den Weltrekord im Übermüdetsein habe ich sicher längst eingestellt. Wo sind nur all die Neurologen, die mit mir anstoßen wollen? Die verwirrt Bilder meiner ungewöhnlichen Hirnaktivitäten gegen das Licht halten und die Ergebnisse auf internationalen Fachtagungen diskutieren?"

Felix Scharlau | Fünfhunderteins
Taschenbuch | 224 s. | 9,99 €
ISBN: 978-3-942920-27-8 | Veröffentlichungsdatum: 05.10.2013

ANDY STRAUSS
SIE GRUNZEN FREUDIG, EINIGE SPRINGEN SOGAR HOCH

Endlich mal wieder ein Buch, dem die Leser völlig egal sind. Nicht mal auf das Wort „Leser" hier im Klappentext wurde ein korrektes Gender-Mainstreaming angewendet. Es besteht aus einer Präambel, dreiunddreißig Kurzgeschichten und acht Gedichten, die du sowieso nicht verstehst. Wenig heile Welt, dafür aber ein Glatzenrapunzel, eine gefallene Frieda, ein paar Jazzhands und sonstiger absurder Kram. Sogar ein Heuschreckenmann muss gegessen werden. Bäh.

Andy Strauß hat keine Lust, ansprechende Klappentexte zu schreiben. Lieber schreibt er gute Geschichten. Viele davon sind in diesem Buch. Man könnte sogar sagen, es sei ein Best-of der letzten Jahre.

Andy Strauß | Sie grunzen freudig, einige springen sogar hoch
Taschenbuch | 192 s. | 9,99 €
ISBN: 978-3-942920-24-7 | Veröffentlichungsdatum: 01.10.2013

DIRK BERNEMANN UND PHILIPP NEUNDORF
MAX UND MURAT – EINE BUBENGESCHICHTE

Dirk Bernemann prügelt sich in einer Schreibhaltung zwischen Bertolt Brecht, Franz Kafka und Wilhelm Busch acht Strophen lang durch den sozialkritischsten seiner Texte, während Philipp S. Neundorf Bilderfolgen summen lässt, die den Text nicht nur untermalen, sondern ein ganz eigenes farbenreiches Universum erschaffen. Zusammen ist es den beiden gelungen, den Kinderbuchklassiker Max und Moritz moralingetränkt zu modernisieren. Max und Murat sind überall!!!-

Warum ist Spaß nur für Kids mit Moneten?
Warum muss der Pöbel nach unten treten?
Wie es aus beiden Mündern grollt:
„Unsere Armut haben wir nicht gewollt!"

Dirk Bernemann und Philipp S. Neundorf | Max und Murrat
Geheftet | 24 s. | 21 x 21cm | 5 €
ISBN: 978-3-942920-83-4 | Veröffentlichungsdatum: 01.10.2013